dear+ novel
Hatsukoi mo nidomenokoi mo · · · · · · · · · · · ·

初恋も二度目の恋も

彩東あやね

新書館ディアプラス文庫

初恋も二度目の恋も

contents

初恋も二度目の恋も……………………005

年下社長はやきもち焼き…………………157

あとがき……………………………………223

illustration：伊東七つ生

初恋も
二度目の恋も
Hatsukoi mo nidomenokoi mo

五月の陽射しが燦々《さんさん》と降りそそぐホテルのガーデンは、大勢の招待客で賑《にぎ》わっていた。

芽吹きの季節を終えて、天に向かってこれでもかと枝葉《えだは》を巡らす樹々の佇《たたず》まいは、獰猛《どうもう》なほどの生命力に満ちている。陽の沈んだあとではこれほどまで際立つことはなかっただろう。なるほど、昼に開催したがっていた理由はこれか、と楢崎史也《ならざきふみや》はちらりと思う。

長野に本社を置く、『ヴォラーレ』の創業記念パーティーだ。

古くからの取引先にとっては、『ビストロ橘川《きっかわ》』という旧社名のほうが馴染みが深いかもしれない。町の小さな洋食店は長い年月を経《へ》て、信州一帯に展開するビストロチェーンに成長した。規模こそ大きくなったものの、地場《じば》の食材、特にオーガニックフードにこだわったメニュー展開は変わらない。

史也はいわゆる縁故入社で、地元の大学を卒業してから『ヴォラーレ』で働いている。中堅と括《くく》るには少々早く、けれど新人では決してない、二十八歳という年齢だ。思い悩むこともそれなりにあり、ここのところ口内炎《こうないえん》に悩まされている。社長付の秘書という、甚《はなは》だ不本意な職務に就《つ》いているせいかもしれない。とはいえ、前社長の秘書を務めていた昨年までは、期待と希望に胸を膨《ふく》らませ、喜び勇んで働いていたのだが。

(やっぱりあれか。下心を持って入社したバチが当たったんだろうな)

たまらず洩らしてしまったため息をごまかすために、長めの前髪をかき上げる。だが癖もなくコシもない、やわらかな髪はすぐに額に落ちてくる。むっとして眉根を寄せたとき、受付を担当している社員が史也のもとへやってきた。

「楢崎さん。お客さまがお揃いになりました」

主催者側でありながら、パーティー会場で苦い顔をしているのは問題だ。史也はすぐさま気持ちを切り替えて、広いガーデンを見まわす。

乾杯用のシャンパンはすでに招待客に行き渡っている。パーティーの開始予定時刻から二分オーバー。頃合いもいい。史也は自分もギャルソンからシャンパングラスを受けとると、斜《なな》め前にあるスーツの背中にそっと触れる。

「社長、お時間です。ご挨拶《あいさつ》を」

史也の言葉にうなずきを返した男が、壇上に向かって踏みだした。

「皆さま、本日は弊社《へいしゃ》の創業記念のパーティーにお越しいただき、ありがとうございます。私が社長に就任《しゅうにん》して一年になりますが――」

よく通る声と見映えのいい立ち姿に、皆が皆、男を注視する。

社長の橘川一颯《きっかわいぶき》は、史也よりも年下の二十六歳。前社長の次男にあたる。

うねりの強い長めの髪にも、意志を宿した目許《めもと》にも、端整という言葉では括りきれない野性味が漂っており、動物のオス的な美質を備えた男だ。長身で体格にも恵まれているので、いま流行《はや》りの線の細い美形とは趣《おもむき》が異なる。彼の幼少時代を想像したとき、聞き分けのよい大人しい男児を思い浮かべる人間はまずいないだろうと史也は考える。

だが冒険を好む物怖《ものお》じしない性格や、人当たりがよく人付き合いもよいことから、取引先や契約ファームからの好感度は高い。フットワークも軽いので、社長でなければ営業職が適職だったかもしれない。今年は軽井沢に『ヴォラーレ』初のオーベルジュをオープンさせる予定なので、若き社長はさらに忙しくなるだろう。

「一颯もなかなか社長らしくなったな。史さん、どう思う？」

現会長である橘川の父、克之《かつゆき》に小声で話しかけられ、「ご立派です」と笑みを作る。

克之と史也の父は、同じ大学で学んだ親友同士だ。母親二人の仲もいい。昔はよく二家族で過ごしていたこともあり、克之にとって史也は一社員というよりも、親友の息子というイメージのほうが強いようだ。史也のことを名字で呼ぶことはまずなく、それは社長である橘川も同じだった。

「——史さん、史さん。俺の挨拶、どうだった？」

乾杯を終えて、克之や重役たちが招待客とめいめいに談笑をし始めると、橘川が史也のもとへやってきた。二十六歳とは思えない堂々とした挨拶だったので、「よかったですよ」と応《こた》えるしかない。橘川は「だろう？」と得意げに笑ってみせると、ガーデンを見まわす。

「緑もきれいだし、昼に開催して正解だったと思わない？　俺、五月の樹々の生命力に満ち溢れた感じが好きなんだよな。ほら見て、あの枝とかすごいじゃん」

史也が昼ではなく夜の開催を勧めていたのは、重役たちの意見を取りまとめた上でのことだ。

決して史也自身の好みで進言していたわけではない。

　という話をしようとしたとき、なぜか橘川に肩を抱かれた。

「ところで史さん、今夜空《あ》いてる？」

「……は？」

「彼女にドタキャンされちゃってさ。創作フレンチの店でディナー、いっしょにどう？　このパーティーの打ち上げってことで」

　つっと眉間《みけん》に皺《しわ》を寄せて、馴れ馴れしい手を肩から払い落とす。

　橘川の人付き合いを厭《いと》わない性格は、取引先以外にも発揮される。友人や知人がとにかく多く、やれコンパだのやれ飲み会だのとしょっちゅう出歩いているのだ。

　とはいえ、たとえ秘書でも橘川のプライベートな交友関係までは関知していないので、今夜の予定をキャンセルしたという『彼女』がどこの誰で、いつから橘川と付き合っているのかなどは分からない。けれど先週も先々週も似たような科白《セリフ》で史也を食事に誘ってきたことを思うと、あまり順調とはいえない交際のようだ。

「お悔やみ申し上げます。社長は彼女からまったく愛されていないんですね」

「いや、ちがうって。どうしても外せない用事が向こうにできただけ」

「せっかくのお誘いですが、お断りします。今朝はばたばたしてしまって、飼っているカメに餌《えさ》をやらずに自宅を出てしまったんですよ。ぼくはパーティーが終わり次第、帰宅させていただきます」

うそはついていない。けれど過去に五度ほど同じ理由で橘川の誘いを断ったことがあるせいか、「またカメかよ」とうんざりした様子で天を仰《あお》がれた。

「カメはカメでいいけどさ、たまには俺と親睦を深めようよ。史さん、俺の秘書だろう?」

正直なところ、橘川とは必要以上に交流を持ちたくない。性格も好むものもまるでちがうということは、彼がまだ四、五歳だった頃の付き合いであきらかだった。

「社長。今夜は我が社の創業記念のパーティーです。秘書のぼくではなく、お客さまとお話をなさってください」

「いや、話すけどさ――」

いまだ不満げな表情の橘川の体を、談笑しているグループに向けて押す。

渋々といったていで踏みだした橘川だが、「ああ、社長」と話しかけられると、いとも容易《たやす》く笑みを作り、一企業を束《たば》ねる男の顔になる。肩書きとルックスに申し分はないのだ。今夜のディナーに付き合ってくれる女性もすぐに見つかることだろう。

史也はやれやれと息をつくと、先ほど橘川がすごいと言っていた枝に目を向けた。

名前は分からない。濃い緑の葉を茂らせた樹だ。初夏の陽射しを一身に浴び、地上から天を鷲掴《わしづか》みにするような勢いで枝を伸ばしている。仕事にも遊びにも精力的な橘川が好みそうな樹冠《じゅかん》だ。史也は冬木立《ふゆこだち》の寡黙《かもく》な佇まいこそ、美しいと思うのだが。

目に見える強さもしなやかさも、史也は持っていない。「日本人形みたいな顔した秘書さんだな」と揶揄《やゆ》されることもあるくらいなのだから、人間味にも欠けているのだろう。だからこそ、やさしくて穏やかな、冬の淡い陽だまりのような人に惹《ひ》かれるのかもしれない。

(あの人に……会いたいな)

旺盛《おうせい》な生命力をひけらかす樹を視界の真ん中に置いたまま、ここにはいない人を想う。頬の内側にあるアフタがひりりと痛んだ。

＊＊＊＊

週に一度訪ねるのは多すぎる。だからといって二週間に一度ではさびしい。おそらく十日に一度くらいがちょうどいいのでは？　――史也にはそう緻密《ちみつ》に思考を巡らせ、訪ねるカフェがある。

(よし――)

さりげなく前髪を整えてから、ガラスの扉を押し開ける。

店内に一歩踏み込むと、ステンドグラスのあたたかな橙色《だいだいいろ》の灯りに包まれた。その光と同じくらいあたたかな、「いらっしゃい」という声に迎えられる。

時刻は夜の八時前。繁華《はんか》な通りから少しはずれた場所にあるカフェを訪ねるのには、少々遅い時間になる。けれど店主と二人きりになりたければ、この時間が限りなくベストに近い。

「こんばんは。まだ大丈夫ですか?」

「んー、そろそろ店じまいをしようって思ってたところだけど、史くんならいつでも歓迎だよ。入っておいで」

そんなふうに言われると、頬が自然と熱を持つ。分かりやすい自分の反応がはずかしくなり、目をしばたたかせつつカウンター席へ進む。

「史くん、今夜は何にする?」

「えっと、そうですね……あったかいものが飲みたいな。チャイをお願いします」

「了解。ちょっと待ってて」

微笑《ほほえ》んだ店主がミルクパンを手に取った。鳶色《とびいろ》の眸《ひとみ》はもう史也を捉えていない。

緊張がとけるのを感じながら、五つあるカウンター席の真ん中に腰を下ろす。残りの四つは空席だ。

『タタン』という名のこのカフェは、ステンドグラス作品のギャラリーも兼ねていて――むしろカフェスペースのほうがおまけだろう。何せカウンター席しかないのだ――、いたるところにシェードを広げたランプや小物入れ、フォトスタンドなどが飾られている。

色彩豊かでありながら尖ったところのない、色ガラスの持つあたたかさは冬の木漏れ陽を思わせる。この空間に身を置くだけでも心の強張《こわば》りがほどけるのだが、史也の目当てはステンドグラスだけではない。カウンターに両肘《りょうひじ》をつき、ミルクパンに茶葉を加える白い手に視線をそそぐ。

店主は橘川の四つ年上の兄、千慧《ちさと》だ。

弟しか知らない人は、まさかこの店主と橘川が血を分けた兄弟とは思わないだろう。

似ている点はというと、長身でスタイルのよいところくらいで、オス的要素の強い弟とはちがって、千慧はやさしくて優美な顔立ちをしている。緩《ゆる》くウェーブを効かせた鳶色の髪は見るからにやわらかそうで、ベージュ色の服を好んで着るせいか、雰囲気もやわらかい。

ああ、この人の側《そば》で働きたかった——。

史也はいまだに悔しく思う。

実は史也は千慧を追いかけて『ヴォラーレ』に入社したのだ。だが次期社長候補だった千慧は一年前に突如退職し、ステンドグラス職人に転職した。

「ど、どうして、ステンドグラス職人なんですかっ……？」

寝耳に水だったので、目を白黒させながら千慧につめ寄ったのをいまでも覚えている。

「あー、びっくりさせてごめんね。前からなりたかったんだ」

という、千慧の軽やかな返答も。

あとで聞いた話によると、千慧は大学在学中にステンドグラスに興味を持ち、その頃から工房へ通い、作品作りをしていたようだ。卒業後はステンドグラス職人になりたいと父親に伝えたところ、「せめて一颯が一人前になるまでは私のもとにいてくれ」と言われ、仕方なく父親の経営する会社に入ったのだとか。

幼少時代から自分の世界を持っている千慧には、親の会社でサラリーマンをするという生活は、あまり魅力的なものではなかったのかもしれない。退職してからの千慧は、午前中は若手の職人たちと共同で運営している工房で作品作りに励《はげ》み、午後はこのカフェでステンドグラスの普及に努めている。金持ちの道楽だなと陰口を叩かれることもあるようだが、本人に気にする素振《そぶ》りは見られない。

「お待たせ。熱いから気をつけて」

千慧がキッチンから両手を伸ばし、陶器《とうき》のカップを史也の前へ置く。

湯気とともに立ち昇るシナモンとカルダモンの香りにたまらず笑みを広げる。ふぅと息を吹きかけ、一口、また一口と、ゆっくり味わう。

「そういえば史くん、この間の創業記念のパーティー、どうだった？　お客さんの多い場所って疲れるでしょ」

パーティー、イコール疲れる場、という千慧の感覚は、史也とまるで同じだ。味方を得られたようでうれしくて、「ええ、はい」と糸切り歯を覗かせる。

「一颯さんは生き生きしてましたけどね。取引先の方とも契約ファームの方ともすごく仲がいいんです」

「ああ、分かる。一颯はみんなでわいわいするのが好きだから、毎日パーティーがあっても疲れないだろうな。支える側は大変だろうけど」

「……すっごく大変です」

力を込めてうなずく史也に、「やっぱりね」と千慧が苦笑する。

橘川はとにかく行動的なので、ついていくのが大変なのだ。無事に創業記念のパーティーを終えたいまは、現在建設中のオーベルジュの件で振りまわされている。

橘川はオーベルジュ開設に並々ならぬ情熱で取り組んでいるため、業者との間に生じる些細《ささい》な感覚のズレも正さないと気が済まないらしい。

もちろんそれはよいことなのだが、前の日に先方と時間をかけて打ち合わせをして、互いに納得できる着地点を見つけたというのに、翌日になって「やっぱりもう一度話し合いたい」などと言われると、そんな……と気が遠くなる。先方に頭を下げて段取りをつけるのは、秘書である史也の仕事だ。おかげで口内炎は治ったりぶり返したりの繰り返しで、アフタは現在も史也の頬の内側にある。

「ぼくはいまも思うんです。新しい社長が千慧さんだったらよかったのになって」

「えー、そう? 俺は無理だよ。会社経営に興味も熱意もないし」

あははと笑う千慧の声を聞きながら、でもぼくは千慧さんがよかったんです！ と、心のなかで訴える。

千慧のことを思うとき、いつも史也の脳裏《のうり》には幼い頃、橘川家の所有する別荘で過ごしていたときの光景が広がる。橘川家と楢崎家の夏の恒例《こうれい》行事のようなもので、ひとりっ子の史也は毎年千慧に会えるのを楽しみにしていた。

毛足の長いラグにちょこんと並んで座り、美しい外国の絵本を二人で眺めたこと。別荘の庭にある白いブランコを二人で代わる代わる漕《こ》いだこと。同じ色のキャンディーを揃って口に含み、ふふふと微笑《ほほえ》み合ったこと。

千慧と過ごす穏やかな時間は目眩《めまい》を覚えるほどの光を放っていて、ああ、この夏がずっと続きますように……と、史也は毎日のように祈っていた。

けれど千慧が中学受験を見据えて塾へ通い始める頃には、二家族で別荘で過ごすことはなくなり、史也にとって夏は、どこへ行くにも暑いだけの季節になった。とはいえ、年に一、二度は橘川家の面々と顔を合わせる機会があったので、克之の導きで『ヴォラーレ』に入社して、千慧とともに働くようになったとき、自然と距離を縮《ちぢ》めることができたのだ。

少しでも長く、千慧と同じ空間に身を置きたい。なんでもいいから言葉を交わしたい。

それが無理なら、眺めるだけでいい。

そう願う気持ちは、恋なのだろうか。誰かと想いを交わした経験などなく、友人もあまりいない史也にはよく分からない。ただ、『タタン』を訪れて千慧と顔を合わせるだけで、明日への英気が養《やしな》われることは事実だ。

（次は十日後か。それまで仕事をがんばろう）

あまり長居をしてしまっては迷惑になる。そろそろ店を出るつもりでチャイを飲んでいると、千慧が言った。

「そうだ。史くんにこれをあげる」

千慧は備えつけの棚を探ると、小さな缶を取りだした。

「友達がくれたフランス旅行のお土産《みやげ》。三つセットだったから、ひとつお裾《すそ》分《わ》けするよ」

「えっ、いいんですか？」

目の前に差しだされた缶を、どきどきしながら受けとる。

中身はドロップのようだ。千慧にとってはただのお裾分けでも、それを誰でもない、自分に差しだしてくれたことに興奮し、頬がほころんだ。

「ありがとうございます。いただきます」

缶ならドロップがなくなったあとも飾っておける。幸福感を噛みしめてパリの街並みの描かれた缶に見入っていると、「あ――」と千慧が呟いた。

「でっかいヤモリ。いつからいたんだろ」

「え……！」

ヤモリやトカゲの類《たぐ》いはあまり好きではない。びくっと肩を跳ねさせて千慧の視線の先を見ると、表のガラスの扉にへばりつき、しかめっ面《つら》でカウンターの様子を窺う橘川がいた。

（最悪……）

確かに大きなヤモリだ。つい先ほどまでほころんでいた史也の頬が、すっと強張る。

「一颯、何やってんの。入ってくればいいじゃん」

千慧がわざわざカウンターを離れて、橘川のために扉を開ける。

「兄貴はほんと、しれっと言うよな。俺は気をつかったんだ。お邪魔かなと思って」

「別に邪魔じゃないよ。分かんなかった？　お客さんは史くんだよ」

「だからだろ」

ぼそりと吐き捨てて、橘川が店に入ってくる。

橘川にとってここは兄の店になるので、こんなふうに鉢合《はちあ》わせになることはめずらしくない。他にも席があるというのに、わざわざ史也の真横に腰をかけてくるのもいつものことだ。

「お疲れさまです」と一応秘書の顔で言う。

「ん」という返答のあと、なぜか変顔をされた。

これは一種の威嚇《いかく》なのだろうか。どう反応すればいいのか分からず固まっていると、今度は脇腹をつつかれた。一度や二度ではない、つんつんつんと何度もだ。

目敏《めざと》く気づいた千慧がうんざりした様子で言う。

「一颯。もう大人なんだから、史くんに構うのはやめなよ。せっかくゆっくりしてるのに」

「俺は笑わそうと思っただけだよ。だってこの人、俺が来た途端に無表情になるからさ」

ああ、そういうことか。けれど史也にしてみれば、楽しくもないのに笑えないというのが正直なところだ。そもそも職場以外の場所で、上司と肩を並べていたくない。サラリーマンなら誰しもそうだろう。手早く帰り支度をして、さっと席を立つ。

「千慧さん、お会計をお願いします。社長、どうぞごゆっくり」

「えー、史くん、まだいいでしょ。コーヒーを淹《い》れるから座ってなよ。もちろんコーヒーはサービスするから」

史也を見上げた橘川も、「兄貴もそう言ってんだから、いればいいだろ」と引き止めてきたが、橘川を交えた三人で過ごさなければならないのなら、史也は『タタン』へは来ない。

「いえ、大丈夫です。十分ゆっくりさせていただいたので」

千慧と橘川の双方に頭を下げ、会計を済ませてカフェを出る。

あやうく十日に一度の憩《いこ》いの時間が台なしになるところだった。歩きながら斜めがけのバッグを開き、千慧にもらったドロップ缶がちゃんと入っていることを確かめる。これはまちがいなく史也の宝物になるだろう。

(うれしいな。めちゃくちゃうれしい……。プレゼントみたいなものだし)

頰を緩めてパーキングに向かっていると、後ろから「史さん」と呼びかけられた。

聞き覚えのある声にぎょっとして、一呼吸置いてから振り向く。

まさか走って追いかけてきたのだろうか。史也の三歩後ろには、じゃっかん髪を乱した橘川が立っていた。

「前から思ってたんだけど、あんた、俺に素っ気《そっけ》なさすぎない？」

橘川はときどき史也のことを『あんた』と呼ぶ。周囲に会社の関係者がいないときに限ってのことなので、社長としてではなく、橘川家の次男坊として史也に話しかけているのかもしれない。

しかし、史也は橘川の前で自分を使い分けることができない。

「申し訳ありません。ぼくは失礼な振る舞いをしてしまったようですね。謝ります」

と、頭を下げる。

「いや、そうじゃなくって――」

がしがしと髪をかきむしる音と、苛立ちまじりのため息が聞こえてきた。

「一度あんたとゆっくり話がしたいんだ。時間を作ってくれ」

話？　と胸のなかで反芻《はんすう》してから、顔を上げる。

「社内でミーティングをしたいということでしたら、いつでも構いませんが」

「ちげーよ。俺はプライベートで会ってくれって言ってんだ」

ストレートに返されてしまい、思わず目の前の男を凝視《ぎょうし》する。

橘川はめずらしく真剣な面持《おもも》ちだ。仕事の際に見せる顔とはちがうような気がしたが、だからといって何を意味するものなのかは分からない。強すぎる双眸《そうぼう》が、頭ひとつ分高い位置から史也を見ている。

「社長。業務に関係のないお話でしたら、お断りします」

「あるよ。関係ある」

橘川は答えてから、「いや――」とわずかに眉根を寄せる。

「直接は関係ない。だけど俺とあんたの関係に、大なり小なり響く話になるはずだ」

「仰《おつしや》る意味が分かりません」

「俺もあんたもこれから先、仕事がやりにくくなるかもしれないってことだよ。それでも俺はあんたに言いたいことがある。いまの状態だと、俺がしんどいし、やりづらい」

いまひとつその心中を量《はか》りかねたが、社長である橘川が複雑な思いを抱えているというのなら、秘書として話し合いに応じる義務がある。念のため、「社内でお話をするということではだめなのですか？」と尋ねてみたところ、「だめだ」と一蹴《いっしゅう》された。

「分かりました。日にちの選定は社長にお任せします。ただ、時間は昼間にしていただけるとありがたいです」

「了解。決めたらまた伝えるよ」

橘川に深々と頭を下げてから、「失礼します」と踵《きびす》を返す。
一、二メートルほど歩いたところで、橘川の視線がいまだこの背中にそそがれていることに気づいたが、史也は振り向くことなく歩みを進めた。

「あーあ。ぼくはどうなるのかなぁ」

ベランダに続く掃《は》きだし窓の桟《さん》に腰をかけ、史也は晴れた空を見上げる。

今日の昼、いよいよ橘川との話し合いに臨《のぞ》む。憂鬱《ゆううつ》をこれでもかと漂わせる飼い主をよそに、ベランダではクサガメのトトが日向《ひなた》ぼっこをしていた。

ふいにデスクの上でスマホが鳴り、はっとして摑みとる。

悪い、都合が悪くなった。――そんな橘川からのメールを期待していたのだが、メールの送信者は橘川は橘川でも、克之のほうだった。

克之は昨日から休暇をとっており、夫婦水入らずで温泉旅行の最中だ。メールには宿の朝食らしい写真が添付されている。克之は息子同様、仕事とプライベートの線引きが曖昧《あいまい》な人なので、しょっちゅうこの手のメールが届く。素敵ですね、おいしそう、とお決まりの返信をして、はぁとため息をつく。

いったい橘川は自分にどんな話があるというのだろう。『タタン』で鉢合わせたあの日はまるで分からなかったが、冷静にこの一年を思い返してみたところ、なんとなく察することができた。

橘川が苦言《くげん》を呈《てい》したいのは、おそらく史也の態度に関してだ。

史也は愛想よく橋川に接したこともなければ、積極的に雑談に応じた記憶もない。うまくコミュニケーションがとれないというよりも、単に橋川のことが苦手なのだ。

できることなら、仕事以外の場ではいっさい関わり合いを持ちたくない。

――という思いをあからさまに滲《にじ》ませて、職務にいそしむ秘書とはいかがなものか。さすがの橋川も、「いい加減にしてくれよ」と言いたくなるというものだ。

「だけど、もともと悪いのは向こうだと思うんだよね」

トトの甲羅《こうら》を撫でてやりながら、遠い夏の日に思いを馳《は》せる。

橋川家所有の別荘で過ごした日々は、いまも美しい思い出として、史也の胸に残っている。

ただし、それは千慧に焦点を当てた場合に限ってのことだ。

ひとたび弟の一颯に焦点を当てると、史也はしくしくと泣いてばかりだった自分を思いだし、どんよりと沈んだ気持ちになる。やんちゃという言葉では済まされないほど、橋川一颯が悪ガキだったたからだ。

千慧といっしょに仲よく絵本を眺めていると、だだっと一颯がやってきて、史也の頭の上でおもちゃ箱を引っくり返してきたことも一度や二度ではない。頭に積み木の鋭角《えいかく》が直撃したときの、あの痛さ。

史也がブランコで遊んでいるときもそうだ。千慧がやさしく押してくれていたというのに、突如一颯がその役割を奪い、力いっぱい史也の背中を押してくる。おそらく一颯は史也ごとブランコを一回転させたかったのだろう。もはや遊びの範疇《はんちゅう》を超えている。大きく揺れるブランコに怖くなり、史也は綱《つな》を握りしめたまま、失禁《しっきん》した。

いったいどこの誰が、そんな思い出を山のようにこしらえた男を慕《した》うというのか。

子どもの頃、犬に追いかけられ、ましてや噛みつかれた人は、大人になってからも犬が苦手なのだと聞いたことがある。まさにそういった心境だ。

とはいえ、モンスターレベルの悪ガキも、いまや二十六歳。史也におもちゃ箱を振りあげることもなければ、失禁するまでブランコを揺らすこともないだろう。頭ではもちろん理解しているのだが、惨憺《さんたん》たる思い出が多すぎて、どうしても受け入れられない。思うよりも先に、拒絶反応が出てしまうのだ。

「どうにか勘弁してくれないかな。秘書は真面目に務めてるんだから」

ひとりごち、トトを手のひらに乗せる。橘川とは十一時半にホテルのロビーラウンジで待ち合わせをしているので、そろそろ向かわなければならない。史也はトトを室内の水槽《すいそう》に戻すと、スーツに着替え、自宅をあとにした。

待ち合わせのホテルまでは、借りているマンションからだと、車で二十分ほどの距離になる。どうやら市街地で何かイベントをしているらしく、中心部に近づくにつれて、道が混んできた。ホテルの駐車場にも、満車の表示が出ている。

仕方なく少し離れたパーキングに車を停めて、ホテルまで歩いて向かうことにした。

ロビーラウンジに辿《たど》り着いたのは、十一時二十分。どうも史也のほうが早かったらしく、ラウンジを見まわしても橘川の姿を見つけることはできなかった。

（とりあえずサラリーマンなんだから、態度をあらためるしかないな。社長を相手につっけんどんな応対をする秘書なんて、聞いたことがないし）

いやでもなぁ……とぐずぐず思いつつ、ソファー席でコーヒーを啜《すす》る。だが橘川は、待てども待てども現れない。

急な用事でもできたのだろうか。さすがに一時間が経過する頃には心配になり、『何かありましたか？』とメールを送る。けれど橘川からメールが返ってくることはなく、時間だけがどんどん過ぎていく。

（――人を散々《さんざん》やきもきさせておいてドタキャンですか）

まさか貴重な休日に、二時間超えの待ちぼうけを食らうとは思ってもいなかった。

メールを送っても返信がなく、電話をかけても繋がらないということは、何か予定外のことが起こったのだろう。いくら社長が相手とはいえ、これ以上待ってはいられない。

『社長はお忙しいようですので、ぼくは帰りますね。今日のことはお気遣いなく。ではまた月曜日に』

最後のつもりで橘川にメールを送り、伝票ホルダーを持って席を立つ。

史也のスマホが着信を知らせたのは、ちょうど自宅マンションに帰り着いたときだった。

滅多《めった》に電話などかけてこない千慧からだ。なんとなく嫌な予感を覚えながら、通話ボタンをタップする。

あきらかに狼狽《ろうばい》している千慧の声が耳になだれ込んできた。

『ああ、史くん。大変なんだ、一颯が交通事故に遭《あ》って——』


慌てて駆けつけた総合病院のロビーでは、千慧が放心状態でソファーに腰をかけていた。

自動ドアから飛び込んだ史也を視界に捉えると、力のない笑みを浮かべて立ちあがる。

「史くん……来てくれてありがとう。親が旅行中なもんだから俺も取り乱してさ。両親もこっちに向かってるところ。あ、一颯の命に別状はないから」

まずはその言葉を聞くことができてほっとした。「よかった……ああ、よかった」と胸を撫で下ろす。

「実は今日、一颯さんと会う予定だったんです。全然待ち合わせの場所に来ないから、急用ができたのかなって思ってて」

病室へ向かいながら事故の状況を尋ねたところ、どうも橘川は待ち合わせのホテルへ向かう途中に車にはねられたようだ。史也と同じく、ホテルの駐車場に車を入れることができなかったのだろう。事故現場はホテルからそう遠くない、パーキングを出てすぐのところだった。

「一颯は横断歩道じゃないところを渡ろうとしてたらしい。それで車にはねられて、歩道の植え込みのコンクリートに頭をぶつけたみたいで」

「頭を⁉　えっ、大丈夫なんですか？」

びっくりして思わず尋ねると、千慧が「ああ、いや」と苦笑する。

「頭の怪我自体は、たいしたことないんだ。意識もあるし、会話もできる。俺もさっき一颯と話すことができたんだ。とりあえず詳しい検査を受けるために入院することになったけど、しばらくすれば退院できると思う」

ということは、重篤《じゅうとく》な状態ではないのだろう。史也はあらためてほっとしたのだが、千慧の表情は晴れない。頭の怪我以外にも何か気になることがあるのだろうか。ちらちらとその横顔を窺っているうちに、橘川の病室に辿り着いた。

個室のようだ。千慧は一度足を止め、心を整えるように深呼吸してから引き戸を開ける。

「一颯。痛み止めは効いてきた？」

「あー、まあまあ」

ベッドのほうから、橘川の声が聞こえる。

声を聞く限り、元気そうだ。千慧が手招きをしたので、史也も病室に足を踏み入れる。

橘川はベッドに横になり、窓の向こうを見ていた。頭には幾重《いくえ》にも包帯が巻かれている。

「社長、心配したじゃないですか。いい歳して横断歩道のないところを渡っちゃだめですよ。

あの辺りは飛ばすドライバーが多いんですから」

いつもの調子で話しかけると、橘川が史也を見た。

事故に遭ったせいか、眸に普段の強さがない。橘川はうんともすんとも応えないまま、不思議そうにまばたきを三つほどしてみせる。しばらくしてその眸は、ベッドを挟んで史也の反対側に立つ兄へと向けられた。

「兄さん、この人誰だっけ」

——え？

小さな違和感が脳裏をかすめる。確か橘川は、千慧のことを兄貴と呼んでいたような……。

「史くんだよ。楢崎史也くん。一颯は史さんって呼んでたと思う」

「ふみさん？　……ふみさん。ああ、なんとなく分かるかも。いっしょに仕事をしてた人かな」

「正解。一颯の秘書さん」

じんと頭の芯《しん》が痺《しび》れたようになり、動けなくなった。

これは茶番を見せられているのだろうか。目の前の兄弟のやりとりが理解できず、まばたくことも忘れて眸を揺らす。千慧は千慧、橘川は橘川であるはずなのに、二人にかける言葉が見つからない。まるで自分だけが別世界に迷い込んでしまった気分だ。

何かがおかしい。いや、すべてがおかしい。

散らばる思考を懸命に束ねていると、千慧がベッドを迂回《うかい》して、史也の側へやってきた。

そっと肩を抱かれ、わずかに震える声が史也の疑問をとく。

「史くん。一颯はね、事故に遭ったせいでいろんなことを忘れてしまったんだ」


頭部に強い衝撃を受けると、記憶障害を引き起こすことがあるらしい。橘川は事故に遭うより前の記憶をなくしているので、逆行性健忘《けんぼう》の状態だと診断された。

とはいえ、橘川は何もかも忘れているわけではない。

自分の名前は覚えているし、家族の名前も覚えている。新聞を読んだり、院内の売店で買い物をしたり、公衆電話を使って電話をかけたりもできるようだ。

幸運なことに、生活に必要な最低限の知識までは奪われなくて済んだのだ。ただ、『生活に必要な最低限の知識』以外のことには、かなりの欠落《けつらく》が見られるという。

たとえば『人』に関する記憶だ。

橘川は相手の顔と名前をかろうじて覚えている程度で、その人の年齢や職業、自分との関係性などについては、ほとんどと言っていいほど覚えていなかった。その上、その人がどういう性格の人間で、自分はその人に対してどういう感情を抱いていたかなど、印象や情緒に関する記憶は、まるっきり欠けてしまっているのだという。

だからいまの橘川は、事故に遭うより前の自分が嫌いだった人も、好きだった人も分からない。自分自身についての記憶も曖昧なようで、「一颯は『ヴォラーレ』って会社の社長なんだよ」と千慧が言ったとき、橘川は「へえ、すごいね」と他人事《ひとごと》のように応えたらしい。

「いまの一颯にとっては、家族も友人もそして自分自身ですら、赤の他人に限りなく近い存在なんだと思う。おそらく史くんもね」

——千慧の沈鬱《ちんうつ》げな声を思いだしながら、史也は橘川家に車を走らせていた。

橘川は昨日退院し、いままで暮らしていた自宅、すなわち実家に戻っている。精密検査の結果、橘川の脳に損傷《そんしょう》は認められず、頭部に受けた外傷も順調に回復しているとのことで、自宅で療養することになったのだ。

医師の見解によると、橘川の記憶喪失《そうしつ》は一時的なものである可能性が高いのだという。脳に損傷が見られない以上、一生記憶が戻らないことのほうが稀《まれ》なのだとか。ただ、記憶が戻るのがいつになるかは分からないようで、仮に記憶を取り戻すことができたとしても、記憶障害を患《わずら》っている期間中にあった出来事を忘れてしまう症例もあるようだ。

千慧経由で医師の話を聞くたびに、普段はまるで意識しない、脳の担《にな》っている役割の複雑さを痛感した。一般常識で知っている以上に脳とはデリケートなものなのだろう。堅牢《けんろう》な頭蓋骨《ずがいこつ》で守られているのも当然な気がした。

(無事に社長の記憶が戻るといいけど……)

あれこれ考えているうちに、橘川家に辿り着いた。

『ヴォラーレ』に入社してからというもの、年に何度かホームパーティーに招かれているので、そう久しぶりの訪問ではない。インターフォンを押して名前を告げると、すぐに家政婦が出てきてリビングに通された。

「ああ、史くん……ごめんなさいね、心配かけて」

橘川の母は見るからに憔悴《しょうすい》していた。かけるべき言葉が見つからず、ただ頭を下げる。

「あの、一颯さんはいまどちらに」

「庭に出てるわ。気分転換にレオンと触れ合うのもいいかなと思って」

レオンというのは、橘川家の飼い犬だ。リビングの南面はすべてガラス張りになっており、広い芝生の上ではしゃぐゴールデンレトリバーと、橘川の姿が見えた。その頭部にはいまだ包帯が巻かれていたものの、入院していたときよりも簡易なものになっている。

「実は克之会長に頼まれて、業務に関する資料を持ってきたんです。直接一颯さんにお渡ししたいんですが、よろしいでしょうか」

「構わないけど、くれぐれも一颯に難しい話はしないでちょうだいね。無理に思いださせようとするのはよくないって、お医者さまにも言われてるの」

不安げに念を押す母親に「分かりました」とうなずき、庭へ出る。

橘川は黒いTシャツとカーゴパンツというカジュアルな装いだ。橘川よりも先にレオンが気づき、尻尾《しっぽ》を振って駆けてくる。この犬はとにかく人懐っこい。ひとしきり撫でてやるとレオンは満足したようで、橘川の手で大人しくリードに繋がれる。

「史さん」

名前を呼んだというよりも、クイズに答えるような口振りだ。いつかの千慧に倣《なら》い、「正解です」と言ってやる。

「お加減はいかがですか？　ひとまず退院おめでとうございます」

「ありがとう。調子はまあ、悪くないよ」

庭の中央には鋳物《いもの》のガーデンテーブルがあり、家政婦がお茶の支度を始めていた。

「どうぞ」と橘川に勧められたので、そちらへ向かう。テーブルには色板ガラスのサンプルが複数枚、重ねられていた。

橘川はそのうちの一枚、鮮《あざ》やかなグリーン色を手に取ると、笑ってみせる。

「兄さんに気分転換にコースターでも作ってみないかって言われてさ。転換しなきゃ困るような気分じゃないんだけど」

あなたのことをみんな心配してるんですよと言おうと思ったが、出過ぎた真似になるかと思い直し、やめた。橘川がテーブルにつくのを待ってから史也も腰をかけ、バッグからファイルを取りだす。

「近々完成予定のオーベルジュについて、ぼくがまとめたものです。社長がこだわりを持って進めていた案件になりますので、体調のいいときに目を通していただけると助かります」

「オーベルジュ？　確か七月にオープンするんだっけ」

「ええ。その予定で進めています」

史さんが秘書として仕事の資料を差しだせば、一颯も何か思いだすかもしれない——。

克之にそう言われて、史也はあえて勤務時間中に出向いたのだ。けれどいまの橘川にとって、分厚いファイルは仕事への情熱を呼び覚ますものではなかったらしい。ページを二、三枚めくっただけで、「じゃあまた見ておくよ」とテーブルの端に置く。

「ところであなたに訊きたいことがあるんだけど」

あなた、と呼ばれたことにおどろき、思わず橘川を二度見する。

記憶をなくした『いぶきくん』は、ずいぶんと行儀がいい。史也が「なんでしょう」と応えると、橘川は周囲を気にする素振りを見せ、椅子ごと史也の真横にやってきた。

「秘書ってことは、俺にかなり近い存在だよね？　俺の恋人って誰か分かるかな」

「恋人、ですか」

会社のことでもオーベルジュのことでもなく、恋人のこと。

落胆しなかったといえばうそになる。しかし記憶喪失中の二十六歳男子で、そこそこ健康体となると、こんなものなのかもしれない。

「申し訳ありません。彼女のお名前やお顔は存じておらず……。けれどお付き合いをされている方がいるというのは、事実です。社長は彼女とのデートのために、懐石《かいせき》料理や創作フレンチのお店をご予約されていましたから」

でもって、毎回彼女にドタキャンされて、穴埋《あなう》めのためにぼくを誘って、ぼくにも毎回断られてたんですけどね、と胸のなかでつけ加えておく。

「そっか、やっぱりいたんだ」

ほっとしたように表情をほぐすということは、自分の記憶に自信がなかったのだろう。

「恋人の方のことは、あまり覚えてらっしゃらないんですか？」

「それがさ、不思議なことにその人のことだけ逆なんだよ」

「逆？」

橘川は、自分と親しかった人の顔と名前をかろうじて覚えている状態だ。だが、恋人のことだけは顔も名前も思いだせず、そのかわり、好きだった自分の気持ちだけを強く覚えているのだという。

「とにかく、すごくかわいい人なんだ。いや、顔を覚えてないからなんとも言えないんだけど、雰囲気ってやつかな。こう、ふわっと花が咲くように笑う人でさ。薔薇《ばら》みたいに豪華な花じゃなくて、楚々《そそ》とした感じ。たとえば——そう、あの花の雰囲気が近いかな」

橘川は庭の一角に人差し指を向ける。

白くてかわいらしい、オオデマリの花が咲いていた。

「そこまで覚えているのに、顔は思いだせないんですか？」

「だから雰囲気だって言ってるだろ。イメージだよ、イメージ。映像として記憶に残ってるのはこの程度だよ」

橘川は色板ガラスのサンプルを探ると、そこから無色の一枚を取りだした。

ガラスはガラスでも、透明なものではない。したたかに雨垂《あまだ》れを浴びたような加工がしてあり、そのガラスを通してだと、橘川の顔は、ぼんやりと色のついた丸いもの、程度にしか見えなかった。

なるほど、これでは顔など分からない。

「その方からのご連絡は？」

「それが、全然ないんだよね。メールやＬＩＮＥを辿ってみても、恋愛めいたやりとりをしてる相手がそもそもいないんだ。仕方ないから友達らしい人に訊いてみたんだけど、みんな分からないって言うし」

落胆の息をついた橘川が、ポケットからスマホを取りだす。その仕草をただ見ていた史也だが、ふと重要なことに気がついた。

「えっ、友達らしい人に尋ねたってどういうことですか？」

「何、だめだった？　このスマホに連絡してきた人に、それとなく訊いただけだよ。頭打ったおかげで記憶が飛び飛びでさ、俺の恋人、誰か知らない？　って」

「――――」

市街地で起きた交通事故の被害者が橘川であることは、ニュースのおかげで周知の事実になっている。しかし橘川が記憶をなくしていることは、家族を含め、ごく一部の関係者しか知らない。だからといって、いつまでも社長が療養中では、社員や取引先に不安を抱かせてしまう。さてどうしたものかと、克之を始め、上層部の面々で協議をしている最中なのだ。

橘川が手にしているのはプライベート用のスマホなので、取引先の人間に話している可能性は低いと思われる。けれど注意を払うのに越したことはない。「記憶喪失のことは、もうお友達に話さないでください」と渋い顔で言うと、想像もしていなかった言葉を返された。

「だったら、俺の恋人、捜してくれる?」

「は……?」

「俺が覚えていない以上、誰かに訊くしかないだろ。訊く以上は記憶喪失のことを話さなきゃいけないし。俺に捜すのをやめろって言うんなら、史さんがかわりに捜してよ。俺の秘書なんだろ?」

ずいぶんな公私混同ぶりだ。史也が明確に引いている線をお構いなしに越えようとしてくるところは、記憶を失う前と変わらない。

普段なら即断るものの、目の前にいる橘川は記憶喪失中だ。職務の範疇を超えていることを理由に断るのは、かわいそうな気がする。

「まあ、お手伝い程度でしたら構いませんよ。協力します」

「ほんとに？　やった」

ぱっと橘川が笑みを広げる。ごくふつうの二十六歳らしい、素直な笑顔だ。不覚にもどきっとしてしまい、さりげなく自分の左胸に手を当てる。

そういえば、橘川が屈託《くったく》なく笑うのを初めて見たような——。

史也が常に秘書という仮面をつけているように、橘川のほうも社長の仮面を被《かぶ》りつづけていたのだろうか。遠い昔の記憶を辿ってみても、橘川は史也に悪戯《いたずら》をするたびに母親に叱られていたので、いつも口を一文字に結び、ふて腐《くさ》れた顔をしていた印象しか残っていない。

「会いたいんだよな。とにかく会いたい」

橘川が、史也ではなくオオデマリの花を見つめて言う。

「俺はその人のことを毎日のように想ってたと思うよ。だからかな、心のなかにいつもいたはずのその人が、いまはいないことにすごく焦《あせ》ってる。大事にしてた宝物をいきなり奪われたような気分だよ。でもってその宝物が何だったのか思いだせないなんて、虚《むな》しすぎるだろ」

（へえ……）

橘川はずいぶんと恋人のことを大切に想っていたようだ。

誰かへの想いを募《つの》らせる橘川と、史也の知っている橘川の姿がうまく繋がらない。記憶を失うと、人はこうも変わるものなのだろうか。いや、これが本来の姿なのか——？

内心しきりに首を捻《ひね》りつつ、静かに紅茶を啜る。

「事故に遭った日も、俺はその人に会いに行くつもりだったんじゃないかな。記憶じゃなくて、感覚として残ってるんだ。気合い入れていかなきゃな、みたいな緊張とか、どきどきする鼓動とか。もしかしてその人にプロポーズでもするつもりだったのかも。休日なのに、俺はかなりいいスーツを着てたみたいだし」

（……おや？）

つっと眉をひそめ、カップとソーサーをテーブルに置く。

指摘するべきか、スルーするべきか。あとで恨まれては困るので、指摘しておくほうが無難だろうか。

「あのですね、社長」

「あ、俺？」

「あの日、社長が会う予定だったのは、ぼくなんです」

橘川は「え……」と声を上げると、まじまじと史也の顔を見て、もう一度「ええっ」と声を上げる。

「どういうこと？」

「どうもこうも、ぼくがお尋ねしたいくらいです。社長に話があるからプライベートで会ってほしいと言われまして、ぼくはホテルのロビーラウンジで社長を待っていたんです」

橘川にとっては、夢を無残《むざん》に打ち破る驚愕の事実だったらしい。「まじか……」とあからさまに肩を落とすと、スマホを操作し始める。

「そういえば、あの日の履歴《りれき》を辿ったときに、あなたのフルネームを見た気がする。男の名前だったから気にしてなかったんだ。何回か俺にメールを送ってたよね？」

「ええ、送りました。ちなみに電話もかけています。繋がりませんでしたが」

「も、もしかして俺は、ゲイだったのかな」

「さあ。そういう話は聞いたことがありませんね」

再び紅茶を啜る史也の横で、橘川はこめかみを揉《も》んだり、うなじをかいたり、ため息をついたりしている。

「史さん」

「はい」

「申し訳ないが、あなたは俺が恋しく想ってた人ではないと思う」

「……は？」

そんなことはいちいち言われなくても分かっている。

おそらく橘川は、この能面秘書に勘ちがいされてはたまらないとでも思ったのだろう。この上なく真面目な顔で史也に向き直る。

「さっきも言ったとおり、俺の好きな人は、ふわっと花が咲くように笑う人なんだ。仮に俺がゲイだったとしても、あなたに惹かれることはありえない。あなたはなんだか人型のＡＩみたいだ。花のようなやわらかさがまるで見当たらない」

「――――」

日本人形にたとえられたことならあるが、人型のＡＩは初めてだ。噛んで含めるように伝えられたせいで、柄にもなく目許に朱が走る。

「ぼ、ぼくは秘書として、単に事実をお伝えしただけです。勝手に夢を見てたのは社長のほうじゃないですか……！」

「夢ってそんな言い方はなくない？　俺は自分の感覚を頼りに、推測してただけだよ。あなたにも変な推測をしてほしくなかったから、はっきり言っただけ。あとで面倒なことになったら困るでしょ、お互いに」

「面倒なことなんて、起こりようがありませんからっ」

しれっとした顔で腹の立つことを言われたせいで、大きな声を出してしまった。橘川を相手に声を荒らげたのは初めてかもしれない。リードに繋がれたレオンが、史也の声に呼応《こおう》するように「ワン！」と大きく吠《ほ》えた。

それにしても、橘川の本命がオオデマリに似た雰囲気を持つ清楚《せいそ》系の美人だったとは――。てっきり橘川本人とノリの合う、派手で騒がしいキャンキャンしたタイプが好みだと思っていたので、興味が湧いてきた。

（さて、どうやって見つけだそうかな）

まずは橘川と史也の勤め先、『ヴォラーレ』の本社ビル内を捜すのが賢明だろう。

だが、橘川と女性社員に関する噂なんて、史也は一度も耳にしたことがない。プライベートではなんやかんやと遊び歩いていた男だが、社内では情熱的に仕事に取り組む若社長そのものだったのだ。幸か不幸か、史也の予感は的中し、『創業記念パーティーの夜に社長とディナーの約束をしていた人』は、本社ビル内で見つけることはできなかった。

となると、店舗配属の女性社員や、取引先の女性担当者、契約ファームの女性園主などの線を考えなければならない。こちらのほうは広報紙やホームページなどに掲載されている写真を集められるだけ集めて、橘川に見てもらうことにした。

「うーん……こういう雰囲気の人じゃないんだよなぁ。こっちの人もちがうと思う。俺の好きな人はもっと控えめな感じで、おそらくかなりの美人なんだ」

「この人とか清楚系じゃないですか？」

「ちがうね、ぜったいちがう。全然ハッとした気持ちにならないし」

あらためて訪れた橘川家の庭で「ちがう」ばかりを連発され、さすがにため息が出た。

仕事の関係者なら史也が知っていて当然だろうに、『控えめでかなりの美人で清楚系』の女性なんて、出会った覚えがない。おそらく橘川には『恋は盲目』的なフィルターが二重にも三重にもかかっているのだろうが、聞きたくもない惚気《のろけ》を延々と聞かされているようで、次第に腹が立ってきた。

だいたいこれらの写真を業務の合間に集めるのに、史也がどれほど苦労したと思っているのか。にもかかわらず橘川は、ときどきレオンにボールを投げてやりながら、「写真はこれだけ？　他にはないの？」と平然とのたまう。

「あのですね、社長」

ついに史也は眦《まなじり》をつり上げた。

「はっきり言わせていただきますが、社長は清楚系のすこぶる美人とお付き合いできるほど、素晴らしい男性ではないですよ。ふわっと花が咲くように笑う人なんて、まちがいなく社長にはついていかないと思います。ぼくなら逃げますね。お食事だけでもお断りです」

「何それ。じゃあ俺はどんな男だったって言うわけ？」

「どうって――」

しきりに小鼻を膨らませつつ、ガーデンテーブルに広げた写真の資料を片づけていく。

「お仕事は真面目にされていました。けれどプライベートではコンパに飲み会と、しょっちゅう遊び歩いておいででしたよ。そういうチャラチャラしたタイプの男性と清楚系の美人がお付き合いできるなんて、ぼくには到底《とうてい》思えません」

ずばり言葉にすると、橘川が苦々しげにため息をついた。

「大いに偏見がまじってる気がするけどね、史さんの」

「だったらお尋ねしますが、社長のスマホにはいったい何人の方の連絡先が入っていますか？　おそらく百人程度ではないですよね？　過去のメールやＬＩＮＥのやりとりもぜひ確認してみてください。社長は毎週のように、どなたかと遊びに行く約束を交わされているはずです」

「…………」

気まずげに史也から視線を逸《そ》らすということは、すでに橘川はスマホを確認して知っているのだろう。うなじにかかる髪をうるさそうに払いながら、「ま、友達が多いってのはいいことだし」と自分で自分をフォローする。

史也はため息をつくと、橘川に向き直った。

「とりあえず、会社の関係者には見切りをつけて、もう一度お友達の方に当たってみましょう。親友らしい方ってなんとなく分かりますか？」

「あー、たぶんこの人だと思う。家にも来たことがあるみたいだから」

橘川はスマホを操作すると、マキというＬＩＮＥのアカウント名を表示させた。

「女性の方ですか？」

「いや、男。マキはおそらく名字」

帰り際に橘川の母親にそれとなく尋ねてみたところ、マキと橘川は同じ高校に通っていた同級生らしい。部活動も同じだったせいか当時から仲がよく、互いの家を行き来するほどだったのだとか。

マキにはすでに橘川本人が記憶障害を患っていることを伝えているようなので、史也ひとりでも接触しやすい。橘川に頼まれて恋人を捜していることを正直に打ち明け、後日、直接会って話を聞くことにした。

「社長は車のなかで待っててくださいね。会話はスマホを通じて聴いていただけるようにしておきますから」

「なんで俺が同席したらだめなわけ？　俺のことなんだから、俺がいちばん知りたいよ」

「社長が目の前にいると、マキさんだって話しにくいことがあるかもしれないじゃないですか。いくら記憶をなくしているとはいえ、見た目はいままでと同じ、橘川一颯さんなんですから」

ごねる橘川を車の助手席に残し、待ち合わせのカフェへ入る。

しばらく待っていると、それらしいスーツ姿の男性がカフェにやってきた。

類は友を呼ぶのか、橘川と同じく顔立ちのはっきりしたイケメンだ。すぐに橘川に電話をかけて、通話中の状態にしてからスマホをテーブルの端に置く。

「もしかしてマキさんでらっしゃいますか？」

「あ、はい」

「楢崎と申します。本日はご足労《そくろう》いただき、ありがとうございます」

名刺を交換したところ、マキ――もとい、槙原《まきはら》は、不動産会社に勤める営業マンだった。

橘川の母親が言っていたとおり、橘川とは高校時代から仲がよく、橘川が事故に遭うまでは、毎週のように会っていたらしい。

「あの、一颯は大丈夫なんでしょうか。記憶が飛び飛びでって本人は言ってたんですけど、それってドラマなんかでよくある記憶喪失ってことですか?」

おそらく最初に訊かれるのはこれだろうなと思っていた。

「頭部に強い衝撃を受けると、稀に起こる症状だそうです。一時的なものだろうと医師には言われていますので、ご心配なく」

史也が微笑んでも、槙原は複雑そうな表情をしていたが、「大丈夫ですよ。本人はいたって元気に療養中です」と続けると、ようやく安心したようだ。「それならいいや」と小さく呟き、初めて口許《くちもと》をほころばす。

「ところで、一颯さんの恋人についてお尋ねしたいのですが」

「ああ、いないですよ」

あっさり言われてしまい、「え?」の口で固まった。

槙原はアイスコーヒーを一口飲むと、「いないと思います」と言い直す。

「それ、一颯にも訊かれたんですよね。念のために他の友達にも訊いてみたんですが、みんな返事はいっしょでした。一颯の恋人は、大学時代に付き合ってた子が最後です。社会人になってからの一颯は、仕事に夢中でしたから」

この返事は想定外だった。「いやでも」とテーブルに身を乗りだす。

「一颯さん、ぼくには恋人の存在を匂わせるようなことを言っていたんです」

「そうなんですか?」

槇原は意外そうに目を丸くしたが、腑《ふ》に落ちなかったようだ。「えー、いたのかなぁ」とひとりごち、ストローでアイスコーヒーをかきまぜる。

「たぶんそれ、男の見栄なんじゃないですかね」

「見栄、ですか」

「彼女がいないより、いるほうがかっこいいじゃないですか。だけど仲間内じゃ、そんな見栄を張る必要はないですし。五月の頭に一颯に会ったときは、恋人ができたなんて言ってなかったですよ。……ええっと、オーベルジュでしたっけ。宿付きのレストランみたいな。その話ばかりでした。社長に就任して初めての大きな仕事だから、ぜったい成功させるんだって」

槇原はふと表情を曇《くも》らせると、

「ま、俺に恋人の話はしなかっただけかもしれませんが」

と、つけ加える。

確かにその線も考えられる。けれど橘川にとって、槇原は高校時代からの親友だ。対する史也は、幼少時代の一時期をともに過ごしただけの関係である。現在は同じ会社で働いているとはいえ、雑談にもろくに応じようとしなかった秘書に、橘川が親友を差し置いて、真実を話しているとはとても思えなかった。

「そうですか……。恋人はいないと槇原さんが仰るのなら、いないのかもしれませんね。一颯さんは何かと遊んでいるタイプのように見えましたので、女性の存在も途切れないのかと思っていました」

だいたい橘川がニュースで流れるほどの事故に遭ったというのに、恋人から何の連絡もないということがおかしい。

いままでのことを思い返しながらコーヒーを飲んでいると、ふいに槇原が言った。

「楢崎さん。一颯が遊んでるタイプってどういう意味ですか？」

強い眼差しとぶつかり、「あ、いえ」と咄嗟《とっさ》に頭を下げる。

「すみません、ぼくの勝手なイメージです。一颯さんはコンパや飲み会など、頻回《ひんかい》に出かけてらっしゃったので」

「ああ、そういうこと」

槇原がぞんざいにうなずく。が、納得しているようには見えなかった。槇原はしばらくテーブルに視線をさまよわせてから、意を決したように顎《あご》を持ちあげる。

「言っておきますけど、一颯は楢崎さんが思ってるほど、チャラチャラした男じゃないですよ。確かに俺ら、コンパとか飲み会とかよくやってます。だけど一颯が毎回顔を出してるわけじゃないですし、特にコンパは俺らが頼んで一颯に来てもらってる感じなんで、誤解しないでもらえますか？　一颯は誰とでもすぐに打ちとけられるし、場の盛りあげ方がうまいんで、女の子が喜ぶんです。やっぱ楽しいほうがいいってふつう思うでしょ。別に一颯が積極的に企画してることじゃないのに、そんなので遊んでるって思われるのは、俺も心外だし、あいつも心外だと思います」

槇原は「それに――」と言葉を継ぐと、いっそう強い目で史也を見る。

「女の子が途切れないタイプっていうのもちがいます。一颯は本当に好きになった人としか付き合いたがらないんで。かわいい子だからちょっと試しに付き合ってみようかなとか、そういうのが昔から全然ないんです。それってどっちかっていうと真面目なタイプだと思うんですけど、俺の認識がまちがってますか？」

「いえ――」

親友を相手に、かなりの失言をしてしまったことはあきらかだった。

「申し訳ありません。一颯さんのことをよく知らないのに、勝手なことを言ってしまって……」

と、ひたすら頭を下げる。

「別にいいです。分かってもらえたらそれで」

槇原は不愉快そうな皺を眉間に残したまま、帰り支度を始めた。

「もういいですか？　これからお客さんと会う予定があるんです」

「あっ、すみません。お忙しいのにありがとうございました。いろいろとお話が聞けてよかったです」

「一颯に元気になったら連絡してくれって伝えておいてください。元気じゃなくても連絡してほしいです。俺らみんな心配してるんで」

「はい、必ず伝えます」

わざわざ時間を作ってもらったというのに、後味の悪いことになってしまった。カフェを出ていく槇原の後ろ姿を見送ってから、両手で髪をかき上げる。

槇原には謝ったものの、史也が謝るべき相手は槇原だけではない。深呼吸をひとつして、駐車場の端に停めてある車へ向かう。橘川は助手席のシートを倒し、スマホを片手に目を瞑《つむ》っていた。史也が運転席のドアを開けると、まぶたを持ちあげる。

「社長、すみません。社長にご指摘されたように、ぼくはかなりの偏見を持って、いままで社長を見ていたようです。本当に申し訳ありませんでした」

橘川はじっと史也を見たまま、何も言わない。

怒っているというよりも、史也にどう言葉をかけるべきか、考えているようだった。おもむろにシートを起こすと、平淡な声で「いいよ」と言う。

「史さんには史さんの価値観があるからね。あなたが俺を見て、遊んでるような男って思ったんなら、それはそれで正しいよ」

「いえ、槇原さんの認識のほうが正しいと思います。やはりお付き合いの長さがぼくとは全然ちがいますので」

「そう」

たった一言で済まされたことがいたたまれなくなり、複雑な気持ちで運転席に乗り込む。

記憶を失っている橘川にとって、親友のようだが具体的には思いだせない槇原よりも、すでに何度か顔を合わせている史也のほうが馴染みのある存在になりつつあるのかもしれない。もし槇原がこの会話を知れば、ショックを受けるだろう。

家族も友人もそして自分自身ですら、赤の他人に限りなく近い存在――いつかの千慧の言葉が、いまになって重くのしかかる。

「俺に恋人はいないね。たぶんそれが正解だ。史さんはどう思った？」

「まあ……はい、そうなのかなと。お付き合いをされている方がいるのなら、社長のスマホに何かしら連絡があるのがふつうかと思います」

「だよね。俺の片想いだったって考えるほうが自然か。参ったな、二十六にもなって片想いかよ。これじゃあどん詰まりだ。好きな気持ちは本物なのに」

本物、か――。

手に入れたいと思うほど、誰かを強く想ったことのない史也には、橘川の抱える切なさは分からない。いったいオオデマリの人はどこにいるのだろう。慰《なぐさ》めの言葉を見つけられないまま、橘川を自宅に送り届けるため、車を発進させる。

「誰なんだろうな」

ふいに橘川が言った。

橘川はヘッドレストに頭を預け、目を閉じている。

「分かりません。社長の片想いとなると、対象者はぐんと増えますから。どこかのショップの店員さんかもしれませんし、お友達のそのまたお友達の恋人のお友達というような、かすかな接点しかない方かもしれません」

「ちがうよ」

橘川が目を開け、史也を見る。

「俺のことを言ったんだ」

「え？」

「史さんもさっきの彼も、俺の一部しか知らない。だから俺は史さんが言うようにチャラチャラした男でもあるし、彼が言うように真面目な男でもあるんだ。正直、他人から見た俺の印象なんかどうでもいいよ。俺は何を考え、何を欲し、どこを目指して生きてきたのか。俺のすべてを把握《はあく》しているのは俺だけだ。だけど俺は、俺を思いだせない」

淡々とした声で混乱と苛立ちを伝えられ、どう応えていいのか分からなかった。ハンドルを握りしめ、ただアクセルを踏む。もとより橘川は、史也に返答など求めていなかったのだろう。細く息を吐きだすと、史也から車窓《しゃそう》へと視線を移す。

うねった黒髪も、顔立ちのよさを際立たせる鼻梁《びりょう》も、史也の知っている橘川と変わらない。長身で男らしい体格も、それに似合う節《ふし》くれ立った指の形も知っている。

当然だろう、この男のもとで一年も秘書を務めているのだから。

だが、こんなふうに橘川と会うたび、知っているはずの橘川がどんどん遠ざかる。

『一颯は楢崎さんが思ってるほど、チャラチャラした男じゃないですよ』

今日突きつけられたあの言葉が、さらに橘川を遠くに押しやった。

本当に好きになった人としか付き合わない――まさか橘川がそういうタイプだったとは。

そんな男がなぜ、史也には恋人の存在を匂わせたのだろう。槙原が言うように、男の見栄だったのだろうか。

分からない。

分かるのは、何も知らなかったということだ。

史也は橘川のことを何も知らない。それなのに、遠い日の思い出のなかにいる幼い彼と、大人になった彼を重ね合わせて、知っているつもりでいた。

――誰なんだろうな。

橘川が口にした疑問を、史也も胸のなかで呟く。

まるで知らない男はときどき髪をかき上げながら、車窓に流れる景色を見ていた。

＊＊＊＊＊

「明日からしばらく一颯《いぶき》を静養させようと思うんだ」

橘川《きっかわ》の父・克之《かつゆき》から切りだされたとき、史也《ふみや》は内心、やっぱり……と思った。

実は一昨日《おととい》――史也が槇原《まきはら》と会って数日後――、橘川は交通事故に遭《あ》って以来、初めての出社を果たしたのだ。

記憶は欠落《けつらく》したままとはいえ、頭部の怪我は順調に回復しており、包帯もとれている。オーベルジュのグランドオープンが迫《せま》っている以上、そろそろ仕事への復帰を考えなければいけない。とりあえず社員に顔を見せるくらいならできるだろうと克之が判断し、記憶障害を患《わずら》っていることは伏せ、出社させたのだが――。

本来橘川は、自《みずか》ら積極的に動くことで周りを巻き込んでいく、台風の眼のような存在だったのだ。尊大に振る舞うことのなかった橘川を慕《した》っていた社員も多くいる。けれどいまの橘川には、自分と親しくしていた社員が誰なのかも分からない。無難な受け答えしかしない橘川の姿に、社員たちの間で瞬《また》く間に動揺が広がった。

「史さん。そんなに俺はまちがった言動をした？」

戸惑った様子の橘川に、史也は「いえ」と首を横に振ることしかできなかった。

実際、橘川は何もまちがっていない。社長として社会人として、完璧だったとすら思う。

しかし社員たちが違和感を覚えるということは、以前の橘川にそれだけ強い印象を持っていたということだろう。結局その日の昼に橘川は退社し、昨日は姿を見ていない。今日は来るだろうかと心配していた矢先、会長室に呼ばれたのだ。

「環境を変えると、記憶が戻る例もあるらしい。いまのままじゃ、いくらなんでも一颯がかわいそうだ。ほら、軽井沢《かるいざわ》の千ヶ滝《せんがたき》にうちの別荘があるだろう？　幼い頃に史さんもよく来ていた、あの別荘だ」

「ええ、覚えています」

「あそこに一颯を二週間ほど滞在させるのもいいんじゃないかと思ってね。まだ夏には少々早いから、別荘地も閑散《かんさん》としているだろう。一颯もゆっくり休めると思うんだが」

決定事項を伝えるのではなく、史也の反応を窺うような言いまわしが引っかかった。

こういうことは家族と本人が話し合って決めればいいと思うので、一社員にすぎない史也には何の異存もない。「それがよろしいかと思います」と頭を下げると、克之が言いにくそうに口をもぞつかせる。

「史さんに付き添ってもらいたいんだ」

「……はい？」

「いくら日常生活に問題ないとはいえ、一颯ひとりでは行かせられんだろう。史さん、二週間の出張扱いにしておくから、一颯とともにあの別荘で過ごしてもらえないか？」

さすがに「えっ！」と声が出た。

家族でもないのに荷が重すぎる。父親である克之が無理なら、母親が付き添うのがふつうではないのか。臨時のヘルパーを雇うという手もある。

それを当たり障《さわ》りのない言葉で伝えていると、克之が言った。

「実は一颯の希望なんだよ。母親ではなく史さんがいい、一颯がそう言っているんだ」


翌朝、史也は荷造りをすると、スーツではなく普段着で橘川家に向かった。

どうしてぼくが……と思わないでもなかったが、出張扱いになるのなら、もはや社命のようなものだ。史也にはノーという選択肢はない。

克之にくれぐれもと言いつけられたのは、毎日の報告を怠《おこた》らないこと、橘川をひとりで外出させないこと、車を運転させないこと、火を使用させないこと、以上の四点だ。この四つさえ守ってくれれば、自由に過ごしてくれて構わないという。二週間の生活にかかる費用はすべて橘川家が負担するので、気苦労以外のものは背負わなくて済みそうだ。

（……気苦労がいちばん大きい気がするんだけど。嫌だな、また口内炎《こうないえん》がぶり返したら）

ようやくアフタの消えた頬の内側に舌を這《は》わせながら、カーブを曲がる。

橘川は自宅のガレージの前で史也を待っていた。傍《かたわ》らには母親もいて、以前会ったときよりもやつれた顔で史也を迎える。

「史くん、ごめんなさいね。無理なお願いをして」

史也が応《こた》える前に「心配ないよ」と橘川が言い、母親の横をすり抜けて車へ向かう。

一刻も早く自宅を離れたい様子に戸惑った。母親は橘川が好む料理のレシピや日常生活における注意事項などを史也に話し始めたが、橘川はそれすらも待てないようで、「まだ?」と車の側《そば》で声を張りあげる。結局、挨拶《あいさつ》もそこそこに橘川のキャリーバッグをトランクに入れ、車を発進させることになった。

「――すっごく息苦しい」

橘川が車中で最初に発した言葉はそれだった。

「親といっしょにいると、息をつめて俺の一挙手一投足に注目してることが分かるんだ。特に母親がきつい。一昨日なんか食事の最中にいきなり泣かれてさ。なんでだと思う?」

「さあ」

「このシチューうまいねって俺が言ったから。……意味分かる? いままでの俺は、出されたもんをがつがつ食うだけだったんだって。そんなまちがい探しみたいなことをされたら、俺だってしんどいよ。いまの俺を全否定しているようにしか思えない。俺は親のこともろくに覚えていないなか、母親にも父親にも最大限の敬意を持って接してるつもりだったんだけどね」

人に関する記憶が曖昧《あいまい》な橘川にとって、肉親との生活はなかなか厳しいものがあったようだ。

ということは、今回の静養は本人のたっての希望だったのかもしれない。

橘川は言うだけ言うと落ち着いたのか、いまになって「おはよう」と史也に笑いかける。

「都合は大丈夫だった？　二週間って結構長いと思うけど」

「ええ、はい」

「よかった。俺、史さんといるときがいちばん楽なんだよな。あなたは俺の記憶が戻ることを切実に願ってるように見えないから」

なかなか鋭《するど》い。思わず苦笑し、「そんなことはないですよ」と言ってみる。

「社長がさっさと記憶を取り戻してくれるほうがありがたいです。仕事が滞《とどこお》っていますので」

「そうそう、そういう感じ。あっさりしてるし、温度が低い。思いだしたくても思いだせない俺にとっては、すごく心地いい」

なるほど、だから二週間の静養生活の付き添いに自分が選ばれたのか。

橘川に見破られたとおり、一刻も早くもとの橘川に戻ってほしいとはあまり思っていない。橘川の両親の心中を想像すると複雑なのだが、史也個人としては、橘川の知らない一面を知って興味が湧いた、というのが正直なところだろうか。たったひとりの誰かをひそかに想いつづける真摯《しんし》さは、事故に遭う前の橘川が史也には決して見せようとしなかった一面だ。橘川が本来の史也を忘れているうちに、もう少しこの人のことを知りたかったりもする。

「あれ？　水槽《すいそう》積んでるの？」

水の揺れる音に気づいたらしい。橘川が後部座席を振り返る。

「飼ってるカメを連れてきたんです。一泊や二泊ならともかく、さすがに二週間もお留守番はさせられないので」

「へえ、カメか。マイナーだね。なんて名前？」

「トトです。推定六歳の男の子です」

橘川が再び後部座席を振り返り、「トトー」と呼ぶ。カメなのでもちろん返事はしない。それでも「おーい」と呼びかける姿に和《なご》んでしまい、頬がほころんだ。

軽井沢の千ヶ滝方面へは、この辺りからだと車で二時間近くかかるだろうか。地区はちがえど、オープン予定のオーベルジュも同じ軽井沢に建設しているので、軽井沢へはここ半年間で数えきれないほど足を運んでいる。

だが千ヶ滝の辺りとなると、地理に少々自信がない。そもそも史也が橘川家所有の別荘で夏を過ごしていたのは幼少時代の話なので、自分で車を運転して向かうのは初めてだ。

その上、数年前に別荘をリノベーションしたらしく、以前とは少し外観が異なるのだという。克之に渡された地図と写真を頼りに千ヶ滝の別荘地をさまよい、ようやくそれらしい二階建ての別荘を森のなかで見つけた。

「あ、社長。ここかもしれません」

和モダンのシックな別荘だ。さすがにブランコは撤去《てっきょ》されていたが、一階の南面がガラス張りだということと、三人の子どもが遊べるくらいに広いウッドテラスに見覚えがある。

「おや？　すでに車が停まってますね」

ということは、ここではないのだろうか。もう一度地図と写真を確かめる史也の横で、橘川が言った。

「忘れてた。兄さんが先に来てるんだった」

「えっ！　千慧《ちさと》さんが？　どうして」

「どうしてって、いろいろ準備があるからじゃない？」

生活に必要なものは揃えておくからと克之は言っていたが、千慧がその役割を担《にな》っているとは聞いていない。慌てて髪型を整えて車を降りると、別荘から千慧が出てきた。

「いらっしゃい。そろそろ着く頃かなって思ってたんだ。史くん、ここに来るのは久しぶりでしょ。迷わなかった？」

「は、はい、大丈夫でした」

「ごめんね、急にこんなことになっちゃって。家で暮らすのはしんどいみたいでさ。一颯、あくまで静養なんだから大人しく過ごすんだよ。史くんが困るようなことはしないこと。分かった？」

「はいはい、分かってますよ」

どうも千慧は昨日から別荘に来ていて、橘川と史也がすぐに生活できるように、いろいろと支度をしてくれていたらしい。しばらく使っていなかったとは思えないほど、室内は清潔に整えられており、当座の食材も冷蔵庫にぎっしり詰まっていた。

「そうだ、一颯にプレゼント。このタブレット、あげるよ」

「なんで。兄さんの？」

「ううん、一颯のために用意したんだ。スマホより画面が大きい分、映画やドラマを観るのにいいかなと思って。カメラ機能もついてるから、写真も撮れるよ。一颯が静養に飽きてわがままを言いだしたら、困るのは史くんだし」

橘川が苦笑し、「――だってさ」とタブレットを史也に向けて掲《かか》げてみせる。

そのあと、三人で昼食を食べに出かけた。別荘の周辺には樹々しかないものの、車を使えばレストランにもカフェにも行ける。おいしいベーカリーも千慧に教えてもらった。

「買い物はネットを使ってしてくれてもいいよ。支払いはうちがするから、遠慮なく請求書を出してね」

「すみません、何から何までお世話になってしまって」

「何言ってんの。迷惑かけてるのはこっちじゃん」

あははと千慧に笑われ、とんちんかんなことを言ってしまったことに気がついた。

心の準備をする暇もなく千慧と会ったせいで、ごく自然に対応するのが難しい。千慧に話しかけられると、声は上擦《うわず》り、笑いかけられると、頬が赤らむ。そんな状態だったので、「もしかして体調悪い？」と千慧に心配されてしまった。

「いえ、全然。まったくもって元気です」

「ほんとに？　史くん、顔が赤いよ。熱、測ったほうがいいんじゃない？」

「だ、大丈夫です。久しぶりの別荘だからちょっと緊張してるだけで」

「ならいいけど」

何か困ったことが起きたらいつでも連絡してねと千慧は言い残し、昼過ぎに帰っていった。

見送りを終えて別荘に入ろうとした史也を、橘川が呼びとめる。

「史さん。せっかくだから散策しようよ。別荘の周りを歩いてみたい」

「あ、ですね。そうしましょうか」

かなり挙動不審な振る舞いをしてしまったが、千慧と会えたのはラッキーだった。

少し肌寒かったので、ニットのカーディガンを羽織《はお》り、橘川と並んで道なりに歩く。

六月という中途半端なシーズンのせいか、周辺の別荘には誰も滞在していないようだ。進んで受けた『出張』でないとはいえ、新緑の香りをまじらせた風や、どこまでも続く森の風景を独占できるのは悪くない。

レースのような模様を作る木漏れ陽に手のひらをかざして歩いていると、となりで橘川がおかしくてたまらないといったふうに肩を揺らした。

「どうかしましたか？」

「いや、あなたは意外に分かりやすい人だったんだなと思って」

意味が分からずまばたくと、橘川はニッとした笑みを史也に向ける。

「俺の兄さんのこと、好きなんだね」

「…………！」

「見れば誰だって分かるよ。だって表情が全然ちがう。はずかしそうにうつむいて笑うあなたを初めて見た」

まさか橘川に知られてしまうとは思ってもいなかった。

恋に関すること以外なら、いつもの無表情で堂々と突っぱねることができただろう。だが誰にも触れられたことのない事柄だったので、頭のなかがショートしたかのように白くなり、何も言葉が出てこない。

経験していないことにはまるで対処できない——自分の脆《もろ》さを初めて知った。歩みまで止めてしまった史也を見て、橘川が苦笑する。

「図星って顔に書いてある。ほんと分かりやすい」

「……だっ、誰にも……言わないでください……」

「え？」

「秘密なんです。ぼく史上、最大の……」

もはや立っていられず、へなへなとその場にへたり込む。

橋川もさすがにおどろいたようだ。「えっ、腰が抜けた？」と目を丸くして、史也の腕を引こうとする。

「社長。お願いですから、ぜったいに誰にも言わないって約束してください。でないと、ぼくはもう社長とは口を利《き》きません。心のシャッターを下ろします、永遠に」

我ながら子どもじみたことを言ってるなと思ったものの、必死だった。ほのかすぎるほどほのかな恋をあからさまにされて、耐えられるわけがない。赤く染まった顔を隠したくて、橋川の腕を振り払う。

「言わないよ、言わない。てか、誰に言うんだよ」

「……本当ですか？」

「本当だってば。だいたい人に言いふらすほど、俺は子どもじゃないし」

信じていいのだろうか。じっとりとした目で橋川を見る。

「大丈夫だよ、言わないから。誰にも」

よし、信じよう。ふぅと大きく息を吐き、立ちあがる。

だが冷静さの『れ』の字もない一連の史也の反応に、橋川はひどく興味を引かれたらしい。ついさっきまでは二、三歩先を行くこともあったというのに、ぴったりと史也のとなりに並ぶ。

「ねえ、史さんってゲイだったの？」

「重大な個人情報です。答える義務はありません」

「それはフェアじゃないよ。俺は史さんにオオデマリの人のことを話してる。それに、聞いても俺はたぶん忘れるよ。記憶を取り戻したら、記憶喪失《そうしつ》中の出来事は忘れてしまう可能性が高いって医者に言われてるんだ」

千慧も同じことを言っていた。

けれど橘川が記憶を取り戻す気配はまるでない。となると、さっさと質問に答えて身軽になっておいたほうがよいだろうか。これから二週間もこの男と生活をともにするのだ。

「誰にも言わないでくださいね?」

と念を押し、三百六十度四方に人の気配がないことを確かめる。

「自分がゲイかどうかなんて分かりません。ぼくは千慧さん以外の人に惹《ひ》かれたことがないんです。男の人にも、女の人にも」

「えっ、それっていままで誰とも付き合ったことがないってこと?」

「ないですよ。ぼくはずっとおひとりさまです」

答えた瞬間、目を瞠《みは》られてしまった。

それほどおどろくようなことなのだろうか。世間一般の価値観を突きつけられた気がして、また頬が熱くなる。

「悪かったですね、変わり者で。ぼくはトトがいるから、ちっともさびしくないんです」

早足で歩き始めると、橘川が追いかけてきた。

「いやそうじゃなくて、俺はもったいないなと思ったんだ」

「もったいない？」

「だってそうだろ。史さん、顔はきれいなほうだと思うよ。スタイルもいいし。同性が相手でもいけるんじゃないかな。兄さんに告白してみたらいいのに」

自分の顔をきれいだと思ったこともなければ、千慧に告白しようと考えたこともない。おどろいたせいで小石につまずき、転びそうになってしまった。

「む、無理ですよ。そんな、告白とか大それたこと――」

「ずっと胸に気持ちを閉じ込めておくほうがしんどいだろ。好きなら好きって伝えて、前に進んだらいいのにもったいないよ」

真剣な表情でアドバイスするということは、橘川は好きになったら相手に気持ちを伝え、その先に進みたいと願うタイプなのだろう。けれど史也はそこまでして未来を掴みとりたいとは思わない。

「ぼくは千慧さんとときどき会って、ちょっと会話を交わせるだけで十分なんです。親密な関係になりたいなんて望んだことないですよ。近いような遠いような、この距離感がいちばん幸せなんです」

行動的な橘川には、理解できない答えだったらしい。「どうして？」と心底不思議そうに眉根を寄せられる。

「どうしてって……この気持ちを知ってほしいとか、できることなら恋人になってほしいとか、そんなことを望んだら、傷つく可能性のほうが高くなるじゃないですか。ろくに泳げもしないのに、向こう岸を目指して海に飛び込むようなものです。ほぼまちがいなく、海の藻屑《もくず》になるでしょう」

「そうとは限らないよ。むしろ俺はうまくいく可能性のほうが高いと感じたけどね。兄さんも史さんのこと、嫌ってるようには見えないし」

そんなふうに思うのは、橘川が何も知らないからだ。

千慧とは一応旧知の間柄だというのに、史也は千慧がステンドグラス職人になりたいと思っていたことも知らなかった。『タタン』に通うようになってからも、プライベートな食事や外出に誘われたこともない。脈がないのはあきらかだった。

「千慧さんには親しくしてもらっています。だからといって、恋愛関係に発展するほど好かれているとは思いません。そういうことは、恋愛経験がなくてもなんとなく分かるんです」

目を伏せて歩いていると、橘川が言った。

「史さんはずいぶん臆病なんだな。見た目は年上のしっかりした秘書っぽいのに意外。もしかして過去になんかあった？」

「過去、ですか」

恋らしい恋もしたことがないのだから、トラウマになるような経験とも無縁だ。「別に特には」と言いかけて、思い当たる節《ふし》を見つけた。

「友達作りが下手だったっていうのは、ちょっと傷になってるかもしれません」

「子どもの頃のこと?」

「ええ、まあ」

普段の史也なら、他人にも親にも話さない。けれど落ち着いた橘川の物腰と、歩いても歩いても続く森の景色に、心のガードが緩《ゆる》くなった。

「別にたいしたことじゃないんですけど——」

と前置きをして、遠い昔の記憶を辿《たど》る。

最初につまずいたのは、幼稚園の頃だった。

ひとりっ子として育った史也は、家庭内でお菓子の取り合いも、取っ組み合いの喧嘩もしたことがない。粗雑《そざつ》、粗暴《そぼう》、理不尽、それでいて屈託《くったく》のない、子どもの世界に戸惑った。史也が恐れ、慄《おのの》き、固まっているうちに、周りはどんどん仲よくなっていく。ぼくもみんなと遊びたいなと思い始めたときには手遅れで、大人のフォローがなければ遊びの輪に加わることができなくなっていた。

マイペースでインドアを好む性格が災《わざわ》いしたのだろう。決して周りの子たちが意地悪だったわけではない。小学生になってからも活発なクラスメイトにうまく馴染めず、休み時間はたいていい教室で本を読んで過ごしていた。

さびしくなかったといえば、うそになる。だからといって積極的に友達を作り、この状況を打破《だは》しようとは思わなかった。

なんだかんだ言っても、五人よりも二人、二人よりもひとりのほうが気楽で安全で心地好い。他人との距離を感じるたびに積みあげてきた価値観は、中学生になっても高校生になっても崩すことができず、おかげで二十八になったいまでも、史也はひとりを好む。

「もう少し器用な性格だったら、彩《いろど》りのある人生を歩めたのかなって思うときもありますが、これが自分なんだから受け入れるしかないでしょう。きっとぼくは根っからのおひとりさまなんです。……あ、まったく友達がいないわけじゃないですよ？　でも友達と会うのはせいぜい年に一、二度です。そんなふうに生きてきたので、誰かに恋してお付き合いをするなんて、ぼくにはとても考えられません。そういうことができるのは、いわゆるリア充と呼ばれる人たちなんじゃないでしょうか。たとえば社長のように」

ああ、だからだ。

だから橘川のこともついつい自分の価値観を通して測《はか》り、『チャラチャラしている』と決めつけていたのだろう。頭を整理して考えればなんのことはない、史也が俗にいう、非リア充だっただけのことだ。

橘川は史也に歩み寄ると、「そっか」と呟いた。

「たぶん史さんは、人と距離をとることで自分を守ってきたんじゃないかな。自分以外の人に不用意に近づくことで、傷ついたり、つらい思いをしたりするのが怖いんだ。ちがう？」

「いえ、当たりでしょうね。ぼくは自分に自信がないし、臆病なんです」

てっきり橘川は、「だろう？」と得意げに笑うと思っていた。しかし、意外にも真面目な顔で、「それ、過剰防衛だよ」と指摘する。

「史さんが思うほど、人は怖い存在じゃないよ。いや、一概《いちがい》には言えないだろうけど、少なくとも俺は、あなたを傷つけようとかつらい思いをさせてやろうとか、そんなことは考えてない。だから大丈夫だよ」

まさか年下の橘川に励《はげ》まされるとは思ってもいなかった。

だから大丈夫。——どこが？　何が？　と訊きたくなったが、その程度の疑問など、ものともしないような包容力がある。大丈夫だとやみくもに自分に言い聞かせるのと、面と向かって誰かに「大丈夫だよ」と言われるのとでは、言葉の持つあたたかみがまるでちがうのだと初めて知った。

「また史さんのこと、いろいろ教えて。興味が湧いてきた」

「きょ、興味って……ぼくは社長の退屈しのぎになるつもりはありません」

赤らんだ顔をごまかしたくて眉根を寄せると、橘川が苦笑する。

「ほら、それだよ、それ。なんで悪いほうに考えるわけ？　俺は退屈しのぎにあなたのことが知りたいだなんて、一言も言ってない」

「だったら何なんですか。ぼくの話がおもしろかったとでも?」

そんなはずがないことは、史也自身がいちばんよく知っている。

橘川は「んー」と唇を横に引くと、歩き始めた。ときどき振り返り、史也がちゃんとついてきているかどうかを確かめている。

「ま、あれだね。もし俺が兄さんなら、じゃあ付き合おうか、ってあなたに言うと思うから」

想像もしていなかった答えを返され、足が止まってしまった。

小鳥のさえずりも、風が枝葉《えだは》を撫でる音も聞こえない。世界が途端に狭《せば》まり、うるさいほど鳴り響く自分の鼓動でいっぱいになる。

(も、もし俺が兄さんなら、って……)

千慧が史也に対して恋愛感情を持っていないことは、これまでの付き合いで分かっている。けれど橘川にとって史也は、十分恋愛対象になり得るということだろうか。橘川の科白《セリフ》を言い換えるとするならば、『あなたが恋をしている相手が俺なら、俺は喜んで受け入れると思うよ』になる。

(いや……ま、まさか、そんな)

あれこれ考えているうちに橘川の背中が遠ざかり、慌てて追いかける。

おっかなびっくり二歩後ろを歩いていると、橘川が振り向いた。

口許《くちもと》に笑みをたたえている。自分の言葉がまちがいなく史也に届いたことを確信している表情だ。

「ごめんね。人型のＡＩみたいだとか言って。あなたがそんなに繊細《せんさい》で臆病な人だったなんて、あの頃は考えてもなかったんだ」

「あ、いえ……」

「今日、史さんと話せてすごくよかった。史さんはガードが固すぎるから分かりにくいんだよ。ほんと、いろいろもったいない。恋はそんなに怖いものじゃないよって、あなたに教えたいな」

射し込む木漏れ陽をふっと見上げた眸《ひとみ》が、再び史也を捉える。

「俺が兄さんならね」


おそらくこれは、対人スキルの差だろう。

あれこれ深読みしてしまったが、「もし俺が兄さんなら――」という橘川の科白に他意はない。その証拠に、帰り道は踏み込んだ話題を振られることもなく、「あそこに咲いてる花はなんだろう」「少し風が出てきたね」など、他愛《たわい》のないことを話題にしているうちに別荘に帰り着いた。

（……で、ぼくだけがいまだにどきどきしてる感じか）

史也はうなじに手をやりながら、克之に報告するメールの文面を考える。

無事に別荘に着いたこと。千慧にランチをごちそうになったこと。橘川といっしょに別荘の周辺を散策したこと。持参したノートパソコンのキーボードを叩いていても、思考はすぐに散策中の会話へ飛んでいく。

訊かれるままにぺらぺらと胸の内をしゃべってしまったが、後悔はしていない。たとえ重要な事柄でなくとも、誰かに話すという行為は、自分を癒《いや》すことにも繋がるのかもしれない。大丈夫だよと橘川に言われて、凝《こ》り固まっていた心に風穴を開けてもらった気分だ。

(意外に大人なんだよな。茶化すようなことも言われなかったし)

なぜ橘川に友人が多いのか、いまなら分かる気がする。

相手の話に耳を傾けるだけでなく、相手の心情をおもんばかりつつ、自分の考えを口にする真摯さが人を惹きつけるのだろう。あれでモテないとは考えられない。それとも小一時間ほど並んで歩いただけで、途端に橘川を意識するようになった自分がおかしいのだろうか。

(うん、おかしいな。……たぶんぼくがおかしい)

火照《ほて》る頬に指の背を押し当てて、窓を見る。

橘川はいま、ウッドテラスで千慧にもらったタブレットを使い、映画を観《み》ているところだ。

テラスには屋根があり、リビングを背にする形でラタン調のカウチソファーが置かれている。目隠しがわりの花木の向こうに森が広がるという景色を橘川は一目で気に入り、タブレットを片手にテラスへ出たのが三十分前。「史さんもおいでよ」と誘われたものの、橘川のとなりに腰をかけ、ひとつのタブレットで映画を観るとなると、互いの肩や腕が触れてしまうかもしれない。そのたびに鼓動を跳ねさせる自分を容易に想像できたので、丁寧に辞退した。

（ま、社長の記憶が戻れば、ぼくと過ごしたことも忘れてしまうかもしれないし）

忘れ去られる可能性が高いのなら、あれこれ考えても仕方ない。やんちゃだった『いぶきくん』が、なかなかいい男に成長したということが分かっただけで十分だ。うんとひとりうなずき、克之にメールを送信する。

（さて――）

史也はノートパソコンを閉じると、橘川のもとへ向かった。

「社長。今夜の夕食はどうしましょう。外食がよければお店をピックアップしますし、ぼくの手作りでよければ用意しますが」

視聴中の映画を止めた橘川が史也を仰《あお》ぎ見る。

「史さん、料理できるんだ」

「一応フード業界に身を置いてますからね。だけどぼくのスキルは、一般の主婦の方程度ですよ。社長ほどではありません」

「俺？」

不思議そうな表情でまばたくということは、これも覚えていないのだろう。

橘川は何かにつけてこだわるタイプなので、新メニューを開発する際には、自《みず》ら食材探しに奔走《ほんそう》し、自分の手で試作品を作ることもする。その道の専門家ほどではないものの、料理の腕はなかなかのものを持っている。

「あっ、言っておきますが、社長が作るのはだめです。くれぐれも火は使わせないようにと、お父さまから言われていますので」

「じゃあ、いっしょに作ろうよ。史さんが監督ってことで。それならいいだろ?」

「えっ……」

二人並んでキッチンに立つことはまったく想定していなかった。

どうやら橘川は、映画鑑賞に飽き気味だったらしい。あっさりタブレットを片づけたかと思うと、「何作るー?」と訊きながら、弾《はず》んだ足取りでキッチンに向かう。

「兄さん、結構食材を用意してくれてるね。あばら肉の塊《かたまり》にスペアリブ……ちょっと気分じゃないな。あ、鶏肉がある。ソテーしてシャンパンソースとかどう?」

鶏肉にアスパラ、マッシュルームなど、橘川はすでに冷蔵庫から食材を取りだしている。打って変わって生き生きした様子に、本社ビル内のキッチンに立っているかのような錯覚を起こした。史也も慌てて持参したエプロンを巻きつけ、橘川のとなりに立つ。

「社長、残念ながらシャンパンがありません」

「だと思った。じゃあ白ワインでソースを作ろう。オリーブオイルと生クリームはある?」

「あります」

食材が揃った。メインの肉料理は橘川に任せ、史也は前菜とスープを作ることにした。

冷蔵庫に生ハムを見つけたので、あまり日持ちのしない水菜《みずな》と合わせてサラダにする。もう一品はカプレーゼにした。ついでに残ったバジルをジェノバソースにしておく。冷凍しておけば、パスタを作るときにでも使えるだろう。

「史さんはかわいいお嫁さんになれそうだね。手際がいいし」

「やめてください。社長に言われたくないです」

鶏肉をソテーし終えた橘川は、レシピを確認することなくソース作りに取りかかっている。

「あの、大丈夫ですか?」

恐る恐る訊いた史也に、橘川が「たぶん」と笑う。

「なんとなく分かるんだ。体が覚えてる感じかな。もし今夜の料理がうまく作れたら、俺は単に思いだせないだけで、脳にはちゃんと記憶が残ってるってことだと思う。だからいつか、何かの拍子《ひょうし》にすべて思いだせるんじゃないかな」

ある意味、勘で作るメインディッシュに賭けているということだろうか。

橘川を落ち込ませたくなかったので、スープを作りながら、ときどき橘川の手許《てもと》に視線を走らせる。けれど手際がよすぎて追いつかない。それどころか、意識が散漫《さんまん》になったせいで、スープ用の玉ねぎを焦《こ》がしてしまった。

「ど、どうしましょう。これはあきらかに飴色《あめいろ》の範疇《はんちゅう》を超えてますよね……」

「全然大丈夫。お嫁さんはちょっと失敗するくらいのほうがかわいいよ」

橘川はフォローしたつもりなのかもしれないが、お嫁さんというワードは男性である史也には適していない。千慧への想いを知ったからこそ、あえて二回も使ったのだろう。ほのかに染まった顔を思いきりしかめ、橘川を見る。なぜか声を立てて笑われた。

「よーし、これで完成……っと」

橘川が出来たてのソースを鶏肉にかける。

肉料理に前菜が二種類、そしてスープというメニューでも、二人で作ると早い。まだ夕方だったが、どれほどおいしい料理でも、冷めると味は半減する。せっかく作ったのだ。リビングのテーブルに並べ、食べることにした。

「いただきます」

両手を合わせてから、まずは橘川の作った鶏肉のソテーを口に運ぶ。

どんな味でもぜったいにおいしいと言おうと決めていたのだが、一口食べた瞬間、「あ、おいしい」と自然に声に出た。

「ほんとに？　気はつかわなくていいよ」

「本当です。すごくおいしい。社長も食べてみてください」

鶏肉がふっくらとしていて焼き加減がちょうどいいし、白ワインと生クリームをベースにしたソースもコクがある。マッシュルームを加えているので、味に深みが増したのだろう。へえと思い、付け合わせのアスパラにもソースを絡《から》めてみる。

ああ、やっぱりおいしい。ふふっと笑みがこぼれでる。

橘川も食べてみて、史也と同じ感想を持ったようだ。「シャンパンを使ってれば、もっと軽い感じに仕上がったのになぁ」と口では言いつつも、まんざらでもない様子でナイフとフォークを使っている。

「たぶん俺、料理はふつうにできるんじゃないかな。史さん、どう思う？」

「いや、できるでしょう。脳に損傷《そんしょう》のない証拠だと思います。ちょっと頭をぶつければ、社長の記憶は戻るんじゃないでしょうか」

半分本気で、半分冗談だ。橘川はどう受け止めたのか、「じゃ、明日辺り、階段から逆さまに落ちてみようかな」と笑う。

「やめてください。社長は本当にやりそうだから怖いです」

「やらないって。二週間ゆっくり過ごすつもりで来てるんだから」

思えば、誰かと夕食をともにするのは久しぶりだ。橘川にディナーに誘われるたびに断ってきたが、もし付き合っていれば意外に打ちとけ、楽しい時間を共有することができたかもしれない。今夜のように。

ふいに橘川が「いいね」と言った。

「え？」

「史さんはぜったいそっちのほうがいいよ。印象が全然ちがう」

「……はい？」

そっちの意味が分からず、バゲットをちぎる手を止める。

「いまみたいに自然にしてるほうがいい。笑ってる顔とかかわいいし」

橘川は自分の言葉に「うん」とうなずくと、再びナイフとフォークを使い始める。

（か、かわいい……？　ぼくの、笑った顔が？）

こういうとき、どうすればいいのだろう。それはどうもありがとうございます、と頭を下げればいいのだろうか。面と向かってかわいいなんて言われたのは初めてなので、対応の仕方が分からない。

ただ、向かい合って食事をするのが途端にはずかしくなった。食べ方が汚いと言われたわけではないのになぜなのか。一度ちぎったバゲットをさらにちぎり、鳩《はと》がついばむ程度のサイズにしてから口に運ぶ。

橘川は食事をしつつもしっかり見ていたらしい。

「史さん、ほんとかわいい」

笑いを嚙み殺した様子で言われてしまい、ついに頰が赤らんだ。

「あの、あまりぼくをからかわないでください。困ります」

「いや、からかってないって。俺は感じたことを素直に言葉にしただけだよ。史さんとちがって、直球で勝負するタイプだから」

その直球とやらの威力が強すぎて、さくっと受け止めるのが難しい。うまい返しも思いつかず、しかめっ面《つら》でがしがしと鶏肉にナイフを入れる。

別荘に着いた当日でこれなのだから、二週間後にはどうなっているだろう。

橘川の発言に心拍数を上げるばかりして、へとへとになっている自分の姿が見えるようだった。


別荘の二階には主寝室とゲストルームがあり、橘川は主寝室を、史也はゲストルームのひとつを使うことにした。

朝は八時前後に起床《きしょう》して、夜はだいたい二十三時に就寝《しゅうしん》する。朝食は史也が用意するものの、昼食と夕食は二人で作る。別荘に滞在して四日が経《た》つ頃にはリズムができて、橘川と二人きりの生活にも慣れてきた。

「――ついに空《から》っぽになったね」

「――ですね」

二人で冷蔵庫を覗き、うなずき合う。

山のように千慧が用意した食材を買い足すことなく、果たして何日生活することができるか。

別荘に着いた翌日から、橘川と試していたのだ。

互いにフード業界に身を置いている以上、食材を無駄にはできない。二人で知恵を出し合い、半端に余った野菜もきれいに使った。残ったのは、調味料と二人とも好まないレトルトパウチの食品、そして史也が作って冷凍しておいたジェノバソースだけだ。このソースで一品作ることができれば完璧だったのだが、残念ながらパスタも肉も魚もない。

「惜しかったですね。九十五点くらいかな」

「いや史さん、百点だって。これだけきれいに使ったら上等だよ。ていうか、兄さんは料理にも食にも興味のない人だね。とりあえず冷蔵庫をぱんぱんにしておけば大丈夫だろってのが透けてみえるラインナップだったし」

橘川の鋭い洞察に思わず笑ってしまったものの、冷蔵庫が空なら、食事は作れない。今日は外でランチをとり、ついでに食材を買うことにした。

休日のせいか、繁華《はんか》な地区は人と車で混み合っている。てっとり早くショッピングモールの駐車場に車を停めて、モール内でランチも買い物も済ませることにした。

「あ、イタリアンはどう？　いまなら並ばなくても入れそう」

「いいですね。その店にしましょう」

スタッフに案内されるまま、窓際のテーブルに腰を下ろし、周囲を見まわす。

客は若い男女の二人連れがほとんどだ。史也はひとりで外食する際は、カップル客の多そうな店はまず選ばない。

（だけど今日は二人だし、浮いて見えたりはしないかな）

自分は根っからのおひとりさまだと口では言いつつも、二人というものに憧《あこが》れはある。客の年齢層が低くカジュアルな店はたいていテーブルが小さいため、橘川との距離も近い。いままでなら憂鬱《ゆううつ》になっていただろうが、憂鬱になるどころか、向かい合って食事をしていることが楽しくてたまらないのが不思議だ。

「史さんってさ、普段の休みの日は何してるの？」

「たいしたことはしてませんよ。家事をしたり、常備菜《じょうびさい》を作ったり、トトを散歩させたりとかですかね。買い物くらいなら行きますが、ほとんど家にいます」

同じ質問をしかけて、橘川が記憶喪失中なことを思いだした。かわりに「社長はどういう休日が理想ですか？」と訊いてみる。

「んー、どうだろう。今日みたいな感じがいいな。史さんと出かけて、食事して、おしゃべりして、みたいな」

「平日はともかく、休日も秘書と過ごすんですか？」

「だめだった？　俺がいま、いちばんいっしょにいたいのは史さんだよ」

飾り気のない笑みを投げかけられ、かすかに頬が赤らんだ。

もし記憶喪失前の橘川に同じことを言われたら、冗談じゃないとばかりに顔をしかめていただろう。けれどいまは、二人きりで過ごす休日を想像し、とくとくっと鼓動が速くなる。単に二人だから楽しいのか、相手が橘川だから楽しいのか。困ったことにおそらく後者だ。構えることなく接してくれる気安さが心地好いのかもしれない。頭で考えるよりも先に、心が懐《なつ》いてしまった。もしここに千慧がいたとしても、史也は橘川ばかりを目で追っているような気がする。

「結構おいしかったな。また来よう」

社交辞令にしか思えないこんな言葉でも、ちゃんと『約束』にしておきたくて、「また、はい、ぜひ」と力を込めてうなずく。

「せっかくだからモール内をぐるっとまわってみようよ。食材を買うのは最後でよくない？」

「いいですけど、社長は人ごみに疲れないですか？」

「俺は全然。史さんは？」

「ぼくも全然」

まるで初デートのようなやりとりだ。頬どころか、心までぽっと熱くなる。

（だめだ、意識しすぎてる。……ああでも）

――すごく楽しい。

ただ並んで歩くだけで、これほど気持ちが昂《たか》ぶるなんて思ってもいなかった。

橘川はショップの前でちょくちょく足を止め、「このシャツ、史さんに似合いそう」とか、

「あのマグカップ、使いやすそうだね」とか、何かと話しかけてくる。まさに同じ時間を共有している状態だ。世の初々《ういうい》しいカップルたちは、こんなふうに初デートを楽しんでいるのかもしれない。

（……なんてね。分かってる、デートじゃない。買い出しだから）

足が向くままにショップを見てまわり、休憩がてらにジェラートショップに立ち寄ったときだ。それぞれコーンにのせたジェラートを持ってテラス席へ向かうなか、橘川がふいに肩を揺らした。

「参ったな。めちゃくちゃ楽しい」

一瞬、心を読まれたのかと焦った。ぎくっとしながら椅子に腰をかけると、笑みをたたえた眸が史也に向けられる。

「俺、ずっとこういう時間を待ち望んでたような気がする。史さんといっしょにいると、心がどうしようもなく弾むんだ。心地好く緊張しつつ、うれしくてたまらない、みたいな。そういう感覚って分かる？」

「あ、はい。……え？」

いまのぼくの感覚がまさにそれなんですけど。

頭のなかで答えてから眉根を寄せる。橘川の心を弾ませるような言動をした覚えはないので、失われた記憶のかけらが浮上してきた、と考えるほうが自然かもしれない。

「もしかしたら、このショッピングモールに恋人の方と来たことがあるんじゃないでしょうか。ここは軽井沢のデートスポットのひとつですし」

「えー、俺に彼女なんていなかったじゃん。俺の友達の話を疑ってるの？」

そういうわけではないのだが、引っかかるといえば引っかかる。

なぜ記憶を失くす前の橘川は、史也に恋人の存在を匂わせるようなことを言ったのか。ジェラートをスプーンで口に運びつつ、小さな疑問を声にする。

「社長がぼくを相手に見栄を張るとは思えないんですよね。見栄は競《きそ》う相手に張るものでしょ？　インドア派で非リア充のぼくなんて、社長の相手にならないじゃないですか。となると、槇原さんに恋人のことを話さなかっただけで、本当は誰かとお付き合いされていたのかなって思ったりします」

橘川は「あー」と洩らすと顎《あご》に手をやり、思案する。

「だけど史さんだけなんだよね。事故に遭う前の俺の口から、恋人の話を聞かされた人って。俺はあなたに恋愛相談でもしてたってこと？」

「ああ、いえ――」

橘川がそんな相談をカタブツの秘書にするわけがない。彼女にキャンセルされたからという理由でしょっちゅうディナーに誘われていたことを話すと、橘川があからさまに顔をしかめた。

「は？　何それ。先に言ってよ。めちゃくちゃ無駄なことしちゃったじゃん」

「無駄って何がです？」

「だから恋人捜し」

どうして無駄だったと言いきれるのか。意味が分からずまばたきばかり繰り返す史也に、橘川が言う。

「俺はまちがいなくフリーだよ。いま確信した。俺にぜったい恋人はいない」

「待ってください。ぼくはこの耳で確かに『彼女』というフレーズを聞いたんですよ？　ぼくは恋人のいる線も捨てきれないと考えています。でも社長がいないと断言するということは、ぼくには分からない決定的な事実が見えたということですか？」

史也が真剣な眼差しを向けても、橘川は答えようとしなかった。どことなくうんざりした表情で、ジェラートのコーンをかじっている。

もしかしてこのままスルーするつもりなのだろうか。業務の合間を縫《ぬ》って恋人捜しに付き合ってきたというのにそれはない。

「社長、ちゃんと答えてください！」

キッと眉間《みけん》に力を込めると、ようやく答えが聞けた。

「あのさぁ、ふつうは気づくんじゃないの？　彼女にドタキャンされたからってのは、たぶんうそ。だいたい毎週恋人にドタキャンされるなんておかしいと思わなかった？　それは史さんをディナーに誘いたかっただけだよ」

「ぼ、ぼくを？　……いやでも、ぼくを誘いたいなら、ストレートにそう言ってくれたらいいじゃないですか。何もわざわざ彼女にドタキャンされたふりなんて――」

　言いながら、はっとした。

　史也は橘川のプライベートな誘いに一度も乗ったことがない。すげなく断るばかりの秘書と親睦を深めるにはどうすればいいか。「彼女にキャンセルされたからどう？」と誘えば、渋々でも誘いに乗ってくれるかも、と橘川は考えたのかもしれない。

「繋がったね」

　橘川がため息をつき、椅子に深く背中を預ける。

「過剰防衛が得意の史さんが距離をとってばかりいるから、俺は俺なりに知恵を絞《しぼ》って、チャンスを摑もうとしたんだと思うよ。灯台もと暗しだったな。オオデマリの人はきっと史さんだ。恋は恋でも相手が同性ならそう簡単に友達に相談できないし、親友のマキが聞かされてないのも当然だって」

「ええっ……！」

　斜《なな》め上をいく推測をされて、声が引っくり返ってしまった。

　どうしても秘書と親睦を深めたかった橘川が、彼女にドタキャンされたふりをして史也に誘いをかけた――というのは、おそらく当たりだろう。けれどオオデマリの人、イコール史也というのはありえない。「いやいやいや」と首根がちぎれるほど、首を横に振る。

「だってオオデマリの人は、ふわっと花が咲くように笑う人なんでしょ？　ぜったいぼくじゃないですよ。ぼくは社長の前でそんなふうに笑ったことなんて一度もないんですから」

常に塩対応のかわいげのない秘書だったのだ。橘川の前で顔をしかめることはあっても、頬をほころばせたことはいっさいないと断言できる。

けれど目の前にいる橘川は、当時の史也を知らない。「笑ってたじゃん、今日だって」と史也に人差し指を向けると、残ったコーンをぱくっと食べる。

「俺の好きな人は史さんだ。九割九分九厘《くぶくりん》の確率で史さんだと思うよ」

「ど、どうしてそんな……ちがいますってば！　かなりの美人で清楚《せいそ》系っていうのも、ぼくには当てはまらないじゃないですか。少しは自分の発言に責任を持ってください」

「近すぎて気づかなかっただけだよ。かなりの美人で清楚系、よく考えれば、まんま史さんじゃん。ほんと、灯台もと暗しだったね。気づくのが遅すぎるって、事故に遭う前の俺にぶん殴られる気がするな」

「しゃ、社長……！」

立て続けにありえないことばかり言われたせいで、顔から火を噴いた。

それとも少しは思いだしたということだろうか。どきまぎしながらそれを尋ねると、「いや、何も」とあっさり返され、どっと力が抜けた。

「あの、お願いですから、ぼくを振りまわさないでください。秘書にリップサービスは不要です。勝手な推測ばかりしていると、記憶が戻ったときに後悔すると思いますよ」

早く食べないとジェラートが溶けてしまう。せっせとスプーンで口に運んでいると、橘川が言った。

「覚えてなくても分かるんだ」

「何がです?」

「だから、オオデマリの人が史さんだったってこと」

まだ言うのかと呆れてしまい、「どうして」とため息をつく。

橘川は史也を見ている。けれど先ほどまでとはどことなく眼差しがちがうような――。

いつだったか、『タタン』をあとにした史也を追いかけてきたときの、強すぎる双眸《そうぼう》が脳裏《のうり》をよぎる。

「俺もあなたに惹かれてるから」

「……え……?」

一瞬、目の前の男がどちらの橘川か分からなくなった。

あの日を彷彿《ほうふつ》とさせる顔つきに目を瞠り、たったいま伝えられた言葉を胸のなかでなぞってから息を呑む。途端に心臓が早鐘《はやがね》を打ち始めた。

「史さんは第一印象と全然ちがう。別荘でいっしょに過ごすようになって、史さんの魅力に気づいたんだ。恋愛に対して臆病なところも、俺はいいなと思ってる。年上の秘書さんにこんなことを言うのは失礼になるかもしれないけど、すごくかわいいよ」

橘川はふっと眦《まなじり》をやさしくすると、「うん、かわいい」とうなずく。芽生《めば》えた恋心を迷うことなく受け止めている声だった。

「いや、でもその、ぼくは不完全な人間でして……社長に想われるようなことは何ひとつしてなくて……」

「だから何。俺が好きなのは、そのままの史さんだよ」

被《かぶ》せるように言われてしまい、ますます鼓動が速くなる。

果たしてこれは、本当に自分に向けられた言葉なのだろうか。別荘でともに過ごすようになってから、橘川に惹かれつつあったのは認める。けれどそれは史也がひそかに心を躍《おど》らせているだけの、安全圏内の恋だったはずだ。それがまさか、橘川のほうも史也に恋心を募《つの》らせていたとは――。

「ひとつ撤回《てっかい》したい発言があるんだけど、いい？」

質問だ。質問をされた。はっとして我に返り、「ええ、はい」とうなずく。

「兄さんに告白してみたらいいのにって言ったやつ、あれはナシにしてほしい。しなくていいよ、告白なんて。俺があなたを口説《くど》きたい」

くく、口説く――？　ぼくを――？

頭のなかが白一色に染まった。それだけではない、テラス席の風景までホワイトアウトする。

もしかして自分はほとんど気を失っている状態なのかもしれない。自分にはどう考えても不釣り合いな、熱情のこもった想いを束《たば》にして差しだされて、混乱がどんどん深くなる。もはや聞こえるのは自分の鼓動だけだ。壊れそうなほど速い、胸の音。

溶けてるよ。――白一色の風景のなかで、橘川の声が聞こえた気がした。

「は、え、あ？　……なんでしょう」

「しっかりして、史さん。ジェラートが溶けてる」

自分の手に目を落とし、「ああっ」と声を上げる。

こんもりと盛られていたジェラートはいつの間にか液状になっており、コーンを伝って史也の手を濡らしていた。

（ああ……コーンじゃなくて、カップを選んでおけばよかった）

史也はがっくりと肩を下げて、庭で散歩中のトトの後ろをついてまわる。

水槽の水換えをしたついでに、トトを歩かせているのだ。普段の散歩はというと、マンションのリビングかベランダのどちらかなので、トトは草の匂いを嗅《か》いだり、そよぐ風に首を伸ばしたりと、興味津々《しんしん》のていで歩いている。

――俺があなたを口説きたい。

あんなふうに言われたわりには特に口説かれることもなく、三日が経ってしまった。

まったく進展がないとなると、あの日、ジェラートを溶かすことで話の腰を折ってしまった、自分の失態が悔やまれてならない。店員におしぼりを借りて手を拭《ぬぐ》ったあとは、そろそろ買い物を済ませようという流れになり、連れ立って食料品売り場に向かった。

情けないことにそのときもまだ史也はうろたえていたので、橘川とどんな会話をしたか覚えていない。どこかちぐはぐな史也の言動に、橘川は気が削《そ》がれたのだろう。話の続き――続きがあるのかどうかも分からないが――を振られることもなく、今日に至る。

「こういう場合、どうしたらいいんでしょうね」

膝《ひざ》を折ってトトに話しかけながら、ちらりとウッドテラスを窺う。

橘川はいま、テラスのカウチソファーに腰をかけ、タブレットを使って映画を観ている。

「史さんもおいでよ」と誘われたなら、今度こそ「はい」と返事をしてとなりに腰をかけさせてもらおうと決めていたのだが、声はかからなかった。

(もしかして、からかわれただけ、とか？)

いや、あの日の橘川の真剣な眼差しを思い返す限り、それはないだろう。

けれどどんなアプローチもされないとなると、どうして……と悩んでしまう。おかげで最近はまともに眠っていない。だからといって橘川の付き添いで別荘に滞在している以上、日々の営《いとな》みを疎《おろそ》かにすることはできず、表面的にはいつもどおりだ。

できることなら、もう一回、もう一回でいいからきっかけがほしい。

実はぼくも、社長のことを好きになってしまったんです――。

うろたえることなく自分の気持ちを伝えることができていたなら、これほど悩むことはなかったはずだ。肝心な場面で頭からすっぽ抜けた想いは大きな風になり、史也の胸のなかを荒らしている。もうとっくに想いは熟しているのだと、始終吹き荒れる風が教えてくれた。おそらくあと一歩踏み込むことができれば、嵐は静まり、見たことのない風景を橘川と見ることができる気がする。

(その一歩が難しいんだよな……)

ため息をついたとき、ぽつんとひとつ、雨粒らしいものが降ってきた。

今日は晴れという予報だったのだが、はずれたのだろうか。史也が空を見上げているうちに、ぱらぱらと小雨が降り始める。トトは雨滴《うてき》を食らっておどろいたのか、前足で頭をかく仕草をした。

「トトくん、雨だよ、雨。お空からお水が降ってくるんだ」

天気雨のようなので、まだ遊んでいても大丈夫だろう。トトに話しかけながら散歩を楽しんでいたものの、次第に空から青みが抜けて、雨も大粒になってきた。

「あ、これはガチなやつだ。トトくん、お部屋に戻ろう」

ウッドテラスにいる橘川にも「雨ですよー」と声をかけ、トトを手のひらに乗せてリビングへ戻る。トトを水槽に放して手を洗ったあとも、橘川はまだテラスのソファーにいた。

「大丈夫ですか？　そこ濡れません？」

「全然。このくらいの雨なら、テラスにいるほうが気持ちいいよ」

だったらコーヒーでも淹《い》れようかと思い、キッチンに向かいかけたとき、声をかけられた。

「史さん。ちょっと訊きたいことがあるんだけどいい？」

「あ、はい」

橘川はいつの間にかタブレットを片づけていて、いつか史也が渡したオーベルジュに関する資料を広げていた。最近橘川はこのファイルをよく見ている。そろそろ仕事への復帰を検討しているのかもしれない。

「ここなんだけど」

指先で示された行に目を落とし、「ああ」と笑む。

「床の材質ですね。社長はずいぶん迷われていたんですが、最終的に選ばれたのは――」

「どうしてそんなに平然としてられるの？」

「……え？」

一瞬、何を訊かれたのか分からなかった。

まばたいている隙に腕を引かれ、力ずくで真横に座らされる。ふわっと前髪が浮き、スプリングが弾んだ。

「この間はずいぶん史さんを狼狽させたみたいだったから、もっと時間をかけたほうがいいのかなって思ってたんだけど、楽しそうにトトと遊んでたね。もしかして俺の伝えた言葉は、史さんのなかではとっくに消去済みってこと？」

「しょ、消去済みって……」

そんなわけがない。近すぎる距離に目を瞠ったまま、何度も首を横に振る。

「じゃあどうしてそんなに──」

「平然となんか、してません……っ」

喘《あえ》ぐように息を吸い、震えながらそれを吐きだす。

この三日間、どれほど史也が悩んだと思っているのか。テラスの屋根を叩く雨音に、胸のなかで吹く風が呼応《こおう》する。

「く、口説きたいって宣言したのは社長のほうでしょう？　だったらちゃんと口説いてください。もしかして今日の夜かなって思ってても何もないし、じゃあ明日の朝かなって思ってても何もないし……そんな感じで三日も経ったんですよ？　ぼくはいったいいつまで待ってればいいんですか」

史也の言葉に、今度は橘川が目を瞠る。

「待ってよ、史さん。どういうこと？」

「どういうことって……ぼくも社長のことが好きなんです。好きになってしまったんです。好きな人から口説きたいって言われたら、びっくりするに決まってるじゃないですか。想定外のことを言われて対処できないのはある意味、ぼくの通常モードなので、もっと時間をかけたほうがいいのかなとか、そういう配慮はしていただかなくて結構です」

言えた。――言いきった。

生まれて初めて自分の想いを言葉にできた達成感に、のぼせたように頬が熱くなる。忙《せわ》しなくリズムを刻《きざ》む自分の鼓動を感じていると、橘川に抱き寄せられた。ただでさえ近い距離がいっそう近くなり、ぐっと心臓がせり上がる。

「うそ、じゃないよな。……本当に？」

尋ねる橘川の声音には甘さがまじっている。

これは疑っているのではない、味わいたいからだ。たったいま伝えられた気持ちをもっと味わいたい――疑問符に込められた思いを感じとり、「すごく好きです、あなたのことが」とあらためて声にする。

強かったはずの双眸が途端にやさしくなった。

「やばい。めちゃくちゃうれしい。俺も史さんのことが好きなんだ」

今度は史也が橘川の想いを味わう番だ。「よかった……」と泣き笑いのような顔で息をつき、目の前のTシャツの胸に手を這わせる。

その手がうなじに辿り着く前に抱きしめられて、かすかに唇の先が触れ合った。

「キスしてもいい？」

「だから訊かないで、って」

ごめんと笑った唇が、上唇をついばんでくる。同じように史也もついばみ返す。

初めての経験に心臓は壊れそうなほど音を立てているというのに、逸《はや》る気持ちを抑《おさ》えられない。ついに唇と唇が重なり、やっと息ができた気がした。

「ん……ぅ、っ……」

無我夢中で橘川の背中に腕をまわして、吐息も舌も鼓動もすべて捧《ささ》げる。

この三日間――いや、橘川に惹かれ始めたときから、自分を受けとってほしかったのかもしれない。口蓋《こうがい》を辿る舌を追いかけ、絡ませ、眩《くら》むような疼痛《とうつう》を味わう。

「……っ、は……」

背中に橘川の手のひらを感じた。

忙しなく史也のシャツの上をさまよっていた手はふいに内側へもぐり込んできて、素肌を辿り始める。大きくてたくましい、史也より少し体温の低い手だ。何かを確かめるようにまさぐられ、重なる唇のあわいから乱れた吐息が洩れる。

「ん……だめ、待って」

肌を辿るだけでない、もっと深く敏感な場所への侵入を試《こころ》みる手の動きを察して、さすがに目の前の胸を押し返す。けれど橘川は構うことなく、史也のパンツのホックを外してきた。

「時間なんてかけなくていいって言ったのは、史さんのほうだよ」

いまになってそれを言うのはずるい。咄嗟《とっさ》に周囲に視線を走らせる。テラスから見える景色はいつの間にか強まった雨に煙り、白と緑がまじり合っていた。人影は見当たらず、車も走っていない。

「忘れたくないんだ、史さんのこと。ベッドに向かってる間に、記憶が戻るかもしれない。史さんに好きだって言われたことも、キスしたことも、俺は忘れたくない――」

切羽《せっぱ》つまった想いを伝えられ、眸が揺れた。史也とて、心を通わせたこの瞬間を忘れてほしくない。だったらと唾《つば》を飲み、橘川の体に隠れるようにして脚の力を抜く。

いいのと目で訊かれて、顎を引く。下着とともにパンツを脱がされた。

肌を撫でていく風に室内ではないことを教えられ、震える息を吐く。はずかしくて目許《めもと》を歪《ゆが》めたのは、ここがテラスだからではない。誰かと肌を重ねることなんて生涯ないだろうと決めつけていたので、史也は体毛をすべて処理している。

さっとソファーの上で脚をたたんだものの、橘川は気づいただろう。史也の額《ひたい》に額を合わせると、瞠った目を下方に向ける。

「史さんが初めてだって知らなかったら、俺はいったい何人目の男なんだろうって落ち込んでたかもしれない」

「そんなふうに言わないでください……。ぼくはすごく汗っかきなんです。蒸れるのがどうしても嫌で……」

赤らめた顔で目をしばたたかせていると、やんわりと膝を割られた。

もはや隠しようがない。息をつめ、目を閉じる。無毛の股座《またぐら》を這う、熱い視線を感じた。

「きれいだよ、史さん。すごくきれいだ」

「うそ……」

「うそじゃないって。きっと史さんはきれいな体をしてるんだろうなって思ってたけど、想像以上にきれいだ」

ごく、と橘川が唾を飲み、史也の性器に触れてくる。

「っは……ぁ……」

初めての、自分以外の誰かの手だ。慎重な手つきで包まれて、目許に熱が宿る。

やさしく扱われると、自分の浅ましさが際立つような気がしていたたまれない。思ったとおり、性器は瞬《また》く間に凝《こご》り、橘川の手にぬめった先走りを吐きだす。

「嫌……だめです、やっぱり」

「どうして。乱暴だった?」

ちがうと首を横に振る。スーツをまとっていれば誰にも分からない、けれどその下の、生々しい男の性を暴《あば》かれてしまうのが嫌なのだ。ペニスをいじられれば感じてしまうし、極めるときには生臭い液を出す。それがたまらなくはずかしいのだと、どんな言葉で伝えればいいのか分からず、くしゃりと顔を歪める。

橘川はどう受け止めただろうか。

分からない。ただ、大丈夫だよとなだめるように唇を押し当てられた。

史也の欲芯《よくしん》をさすりながら、息継ぎのたびに名前を呼んでくる。史さん、と。続く言葉はなかったが、求めてやまない声音の切なさに、胸が塞《ふさ》がれたようになった。息すらも吸い尽くす口づけに応え、橘川の頭をかき抱く。

「う、ん……っあ、は……」

一滴の雫《しずく》が濡れじみを広げていくように、欲の根を中心にして、いままで感じたことのない快感が下肢《かし》に広がっていく。ぐっと目を瞑《つぶ》っていても、橘川がどんなふうに触れているのか分かってしまう。あからさまになった形を確かめるように撫でてきたり、括《くび》れを親指の腹で辿ってきたり、史也が仰《の》け反《ぞ》ると、圧をかけて扱《しご》いてきて——。

「ぁあ……っ」

射精の欲が一足飛びに高まり、思わず体を竦《すく》める。

けれど橘川の腕のなかだ。逃げ場はどこにもない。「あっ……あっ」と途切れ途切れに声を上げ、こらえきれずに白く濃厚な液を放つ。

「はぁ……あ……ぁ」

達してしまった——。

とてつもない失態を犯した気分になったのは一瞬だった。橘川のほころんだ表情を目《ま》の当たりにして、胸に熱いものがこみ上げる。「よかった?」と眸の奥を覗かれ、素直に顎を引く。橘川がうれしそうに微笑《ほほえ》んだ。

一度暴かれてしまうと、二度目は容易《たやす》い。求められるままに片足だけをソファーの背もたれにかけて、脚の間に橘川を引き入れる。唇を重ねながら濡れた果芯を扱かれ、また喘ぐ。一度目とちがうのは、時折橘川の手が、陰嚢《いんのう》の奥の蕾《つぼみ》に触れてくることだ。誰にも許したことのない場所を探る手に、体がどうしようもなく火照る。

「ここが欲しいんだ、史さんの」

「や……は、ぁ……」

先走りのねとつきを襞《ひだ》に塗りつけられ、甘くかすれた声が迸《ほとばし》る。

戸惑う気持ちがなかったわけではない。だが先に進みたい気持ちのほうが強かった。早くこの人と体を繋げたい。自分のなかに取り込みたい。いまならまだ、橘川の心には史也がいる。橘川の記憶が戻れば、この恋は終わってしまうかもしれない。固く瞑ったまぶたの裏に、オオデマリの花がちらついた。

「お願い……もう、早く」

「待って。ちゃんとやわらかくしておかないと、史さんがしんどい思いをするから」

ときどき唾液《だえき》を足しながら、橘川の指が慎重に史也の後孔《こうこう》をほぐす。

もしかしてここはかなり敏感な性感帯のひとつなのだろうか。際《きわ》の辺りをいじられるだけで腰が疼《うず》き、果芯がぶるっと弧を描く。下腹に先走りが散った。その滴《したた》りを長い指が掬《すく》い、ひくつく後孔に塗り込んでいく。

「ひゃ……っ」

指を一本埋《う》められた。しばらくして二本目も侵入してくる。

排泄孔《はいせつこう》に指を穿《うが》たれたはずかしさに、目許が熱くなる。だが隘路《あいろ》を押し広げる二本の指を感じているうちに羞恥心《しゅうちしん》が薄まり、体の内側が粟立《あわだ》つような不思議な感覚に陥《おちい》った。

「嫌？」と訊かれて、首を横に振る。

むしろ、好きかもしれない。その証拠に性器が躍り、間欠泉《かんけつせん》のように雫を散らす。

「あ、ん……あ、ぁ」

もっといじって、淫《みだ》らなメスのようにしてほしい――。

自分のなかに信じられない欲望の種を見つけてしまった。

どんなに唇を噛んでも欲望を押し殺すことができず、犬のように鼻を鳴らしながら、指を咥《くわ》えた尻をうごめかす。肉襞を押されるたびに噴きでる先走りのせいで、いつの間にか臍《へそ》の周りがぐしょぐしょに濡れていた。

「だめだよ、史さん。そんないい顔されたら、時間をかけてられなくなる――」

橘川は史也のなかから指を抜くと、急《せ》いた手つきで自身のパンツの前を寛《くつろ》げる。

まだだ、まだ繋がっていない。それなのに官能の兆《きざ》しを感じ、「は……」と吐息が洩れる。どうしようもないほど、自分も興奮している。小鼻をひくつかせて腕を伸ばし、橘川を捕まえる。

唇と唇が触れた。そして腰も――。

互いの漲《みなぎ》りを擦り合わせて粘度《ねんど》を高めてから、橘川が史也の片足を押しあげる。腫《は》れぼったく濡れた窄《すぼ》まりに、熱い塊を感じた。

「ん、あ……ぁ、う」

腰を打ちつけられ、たまらず眉根を寄せる。

探るような腰つきだったのは、最初のうちだけだった。力強く橘川の雄《おす》が沈み、隘路をめいっぱい広げてくる。ずんと脳天に響く衝撃に、強烈な痺れが全身を駆け巡った。まだ快感とは呼べない。けれど脈打つ雄の猛々《たけだけ》しさに、媚肉《びにく》がうねるのを感じる。

「史さん、――」

かすれた声で橘川が呼び、唇を押し当ててくる。こめかみにも頬にも唇が這う。その湿った吐息の熱さに欲しがられていることを実感し、余分な力が抜けた。

「ぁ……あ……ん」

甘えるような声で啼《な》いている自分が信じられない。抜き差しのたびに粘膜があやされ、快感を貪欲《どんよく》に取り込もうと橘川に絡みつく。ここはやはり性感帯だ。やっと感じ始めたばかりだというのに果芯が爆《は》ぜてしまい、橘川の茂みにまで白濁《はくだく》がかかる。

「ご、ごめんなさい……また、ぼく、こんな……」

「なんで謝るの。俺が好きだから何度もイッてるんだろ？」

そうだ、そのとおりだ。橘川と肌を重ねているから──どうしようもなく求められているから、こんなにも感じている。背中にまわした腕に力を込め、「ああ、好き……」とうわ言のように繰り返す。

橘川の先走りで隘路が潤《うるお》ったのか、滑《すべ》りが格段によくなった。快感の度合いも高まり、互いに揺らす腰が卑猥《ひわい》な水音を立てる。

まだ雨は止《や》まない。

細やかな線状となって地に落ちる雨は、まるでベールのようだった。

いまこの世界にいるのは、二人だけ。──そう錯覚させるほどの、雨音に溺《おぼ》れる。


その日の夜から、ゲストルームは使うのをやめた。橘川と同じ主寝室のベッドで眠り、朝も同じベッドで過ごす。リビングへ降りるのは、たっぷりと抱き合ってからだ。昼夜の感覚が曖昧になるほど、橘川と肌を重ねているような気がする。

史也は淡く染まりつつあるカーテンをベッドのなかから見ていた。

おそらくいまは夕方ではなく、朝。それもようやく夜が明けた辺りだろうか。まだ鳥の鳴き声は聞こえない。ときどきまばたきをしながら、揺れもしないカーテンをじっと見る。

となりで恋人が身じろぎをした。

「何を考えているの？」

おはようもなく尋ねられ、すでに橘川が目覚めていたことを知った。目覚めた史也が体を起こすこともせず、カーテンを見ていることにも気づいていたのだろう。橘川もまた、ベッドのなかでたくさんのことを考えていたのかもしれない。

「何を願ったらいいのかと思って」

ぽつりと洩らし、細く息をする。

橘川は先を促《うなが》すようなことは何も言わなかった。そのかわり、昨夜の愛撫を思わせる手つきで、史也の髪を撫で始める。

「仕事にも遊びにも全力投球だった頃の社長に戻してあげたい。だけど同じくらいの強さで、いまの時間がずっと続けばいいのにとも思ってしまう。ぼくにはどちらかひとつを願うことなんてできません」

橘川は史也の髪を撫でながら、「そう」と言う。短いその返しで、やはり橘川もたくさんのことを考えていたのだと分かった。

「俺は両方願ってるよ。遊びはともかく、仕事をしてた頃の自分を取り戻したい。もちろん、史さんを手放すつもりはないよ。別荘を出ても、史さんは俺の恋人だ」

その言葉を信じることができたらどれほど幸せか。

橘川の心変わりを疑っているわけではない。これは波打ち際で成就《じょうじゅ》した恋だ。いつか、必ずに近い確率で、水にさらわれてしまう。橘川が記憶を取り戻したとき、残るのは、恋人ではなく秘書としての史也だ。そして橘川の心にはオオデマリの人がよみがえる。楚々《そそ》とした美しさを持ち、ふわりと花が咲くように笑う人に、史也が太刀《たち》打ちできるはずがない。

表情を曇《くも》らせる史也に気づいたのか、橘川が苦笑する。

「史さん、不安にならないで。俺は忘れないから」

「どうしてそんな……。もし記憶が戻ったら、記憶喪失中にあった出来事は忘れてしまう可能性が高いって、お医者さんから言われてるじゃないですか」

「じゃあ俺が忘れたら、今度は史さんが俺を捕まえてよ」

それができるのなら、最初から悩んでいない。どうがんばっても、地味でおもしろみのない自分には、仕事もプライベートも充実させている男は捕まえられないだろう。じっとりとした目で橘川を見る。

「簡単に言わないでください。勇気を振り絞って社長に告白したところで、ぼくは海の藻屑になるだけです」

「ならないって。大丈夫、告白して。俺はぜったい、史さんに惚れてるはずだから」

橘川はベッドのなかで伸びをすると、起きあがった。昨夜脱ぎ捨てたバスローブを羽織り、カーテンを開ける。朝靄《あさもや》のなかで枝葉を広げる緑樹が窓越しに見えた。

「うまく言えないけど、すごくいま、満たされてる感じがするんだ。史さんと初めてショッピングモールに出かけた日もそうだった。俺はずっと、史さんとこうなることを望んでたんじゃないかな。――分かる？　史さんは俺の心に最初からいた人なんだ。だから忘れるなんてありえないし、仮に忘れたとしても、史さんの告白を断ったりなんかしない。自信を持って」

力強い言葉を聞けば聞くほど、心に影が差していく。

（だから、ぼくじゃない……ぼくじゃないんだよ……）

この人は、史也の知らない誰かを一心に想っていた人だ。たくさんの記憶を奪われてもなお、その人のやさしい雰囲気を覚えているほどに。けれど屈託なく笑う橘川を目の当たりにすると、水を差すようなことはとても言えなかった。

「じゃあ忘れないでくださいね。社長がぼくのことを忘れない限り、ずっと恋人でいられるんですから」

不毛な会話にけりをつけ、史也もバスローブを羽織ってベッドを下りる。

「少し早いけど、朝ごはんにしましょうか。昨日買ったベーグル、あたためます」

「あ、だね。そうしよう」

互いにシャワーを浴びてから、コーヒーとベーグル、そして簡単なサラダをテラスのテーブルに並べる。その頃には朝陽が射して、テラスの床に淡い陽だまりができていた。

「社長。今日は何をします？　ぼく、千ヶ滝を見てみたいんですよね。散策がてらにマイナスイオンを浴びませんか？」

　てっきり、「いいねー、じゃあ行こっか」と返ってくるかと思いきや、予想に反して橘川は、「あー」と気乗りのしない声を出す。

「千ヶ滝よりも俺、オーベルジュが見たいんだよな。一度父さんに、見るかって訊かれたことがあるんだけど、そのときは興味がなくて断ったんだ。だけど史さんが渡してくれた資料をじっくり読んで、気持ちが変わった。記憶をなくす前の俺を知るためにも、オーベルジュを見たいんだ」

　以前の史也なら、橘川のこの心境の変化を大いに喜んでいただろう。けれどいまは、橘川の恋人として側にいる。静養生活の最終日でもないのにオーベルジュの話を持ちだされて、なんとなく複雑だった。

　とはいえ、たとえ恋人であっても橘川の秘書であることに変わりはない。心が翳《かげ》り始めるのを感じつつ、「分かりました」とうなずく。

「実はもう建物は完成しているんです。ですので、現場作業は終えているはずなのですが、一応スケジュールを確認しますね。もし業者の方が来られる場合、ご挨拶はされますか？」

「いや、建物の外観を見るだけでいい。挨拶はまた機をあらためて」

「承知しました」

朝食を終えると、史也は橘川を助手席に乗せ、車を走らせた。

オーベルジュは、千ヶ滝の別荘とはまた趣《おもむき》の異なる森のなかにある。「へえ、この辺りもいいところだね」と橘川が興味深そうに車窓《しゃそう》を覗く。立地も重要なポイントなのでそれを説明してもよかったのだが、なんだか気持ちが落ち着かず、「ええ」くらいしか返せなかった。

「社長、こちらです」

辿り着いた先で、防護柵《ぼうごさく》で囲まれているオーベルジュを指し示す。

白とアースグリーンを基調にしたプロヴァンス風の建物だ。四季折々の軽井沢の森の景色に調和するようにと、橘川がこだわってデザインさせた。一階はテラス付きのレストランホールで、二階と三階が客室になっている。宿泊の予約はすでに始まっており、秋口近くまで満室に近い状態だと担当者から聞いている。

橘川は長い間、オーベルジュを見上げていた。史也はその斜め後ろに立ち、同じように見上げる。

どれほどそうしていただろう。

「帰ろう。史さん」

橘川がオーベルジュを視界の真ん中に置いたまま、言った。

別荘へ、という意味でないことは、そのしみじみとした声音の深さで察知した。

きっと橘川は今朝のベッドのなかで決意を固めつつあったのだろう。だからこそ力強い言葉で、史也の不安を払拭《ふっしょく》しようとしていたのかもしれない。この決意を伝えたとき、史也が眸にたくさんの涙をためることも、想定済みだったはずだ。

嫌だ、帰りたくない――。

口から飛びでそうになる言葉を、必死になって呑み込む。だからといって、秘書らしく了承することもできない。

肩を小刻みに震わせ、ただ涙をこぼす史也を橘川が抱きしめた。

「史さんのおかげだよ。史さんが記憶のない俺を好きになってくれたから、自信がついたんだ。史さん以外の人は皆、事故に遭う前の俺に一日も早く戻ることを望んでたから。だけど史さんは……史さんだけは、ろくに覚えていない俺に寄り添ってくれた。俺にとって大きな力になったんだ」

うなじに橘川の吐息を感じ、ついに「うう……」と嗚咽《おえつ》が洩れる。

やさしくてあたたかい、ほんの一月《ひとつき》前までは知らなかった温《ぬく》もりだ。

「史さんは俺の秘書なんだから、俺が仕事に戻っても、俺のすぐとなりにいるんだろう？」

います。ぼくはいつも。そう思いを込め、こくりとうなずく。

「じゃあ、平日はいっしょにいられるね。週末は……そうだな、別荘で二人で過ごそうよ。気に入ったからしばらく使わせてほしいって父さんに言ってみる。二人で料理して、おいしいも

1
VOLARE

のを食べて、夜はいっしょに寝よう。並んで星を見たり、朝焼けを見たり、散歩もいいな。別荘に着いた日みたいに、二人でたくさん歩こうか」

史也のほうが年上だというのに、これでは逆だ。声を殺して泣きつづける史也を、橘川はあの手この手でなだめようとしている。しばらくそのやさしさに甘えたくて、すんすんと洟《はな》をすすりながら、橘川の胸に額を預ける。

けれど橘川が踏みだす決意を固めたのなら、史也も同じ決意を固めなければならない。

ひとつ息を吸い、まずは自分に言い聞かせるようにうなずく。今日ですべてが終わるわけではない。橘川を知り、恋をして——明日からはきっと、本当の意味でしっかりとこの人を支えられる秘書になれるだろう。

「分かりました。……帰りましょう」

橘川がほっとしたように笑み、史也の髪をひと撫でする。

二人きりの静養生活は、十二日目の朝、終わりを迎えた。

＊＊＊＊

オーベルジュのオープンまで一ヵ月を切っている。

橘川《きっかわ》は翌日出社すると、本社勤務の社員たちに事故の後遺症で記憶障害を患《わずら》っていることを打ち明け、至らない部分はどうか助けてほしいと頭を下げた。

もともと人望はあったのだ。社員一同、実直な橘川の姿に胸を打たれ、一丸となってオーベルジュのオープンに向けて邁進《まいしん》することになった。

オーベルジュは現在、建物と厨房《ちゅうぼう》の設《しつら》えのみ、完成している状態だ。厨房を統括《とうかつ》するシェフは決定済みで、シェフを中心にしたチームもできているのだが、レストランホールと客室用の什器《じゅうき》の搬入ができていない。橘川が買いつける品を検討している最中に事故に遭《あ》い、中途のままだったのだ。

「なんでもいいとは言わないけど、こだわる時間がないしね」

橘川はコーディネーターのアドバイスのもと、什器を発注し、搬入の段取りをつけた。

史也《ふみや》が見る限り、記憶をなくす前の橘川といまの橘川では、センスにそう大差ない。やはり同じ人間だからだろうか。息子が選んだものを見た克之《かつゆき》も、「ほう、一颯《いぶき》らしいな」と相好《そうごう》を崩したほどだ。

すべての設えが整うと、あとはもう進むしかない。

六月の末には、オーベルジュで提供する料理の試食会を社内で開き、社員の意見を参考にしてレシピを微調整した。その後、取引先を招いた試食会をオーベルジュのレストランホールで開き、次の週にはプレオープン――。

ついに明後日《あさって》、グランドオープンを迎える。

目まぐるしく過ぎていく日々のなか、不安よりも満ち足りた気持ちを感じるのは、いまだ週末をあの別荘で橘川と過ごしているからだろう。半日しか休日のとれない週もあるが、テラスのソファーに並んで腰をかけ、緑溢れる景色を眺めながらコーヒーを啜《すす》る――そんなささやかな時間は、史也にとっても橘川にとっても、いい清涼剤になっている。

「あの別荘、父さんから譲ってもらおうかなぁ。史さんといっしょに住みたいよ」

「いや、さすがに軽井沢《かるいざわ》から会社に通うのは遠いでしょ。ぼくは週末をあそこで過ごすだけで十分ですよ」

苦笑いを返したものの、いっしょに住みたいと恋人に思ってもらえるのはうれしい。

先日、久しぶりに『タタン』へ行ったが、千慧《ちさと》の顔を見ても、以前のように心が浮き足立つことはなかった。ほのかすぎる恋は、色づくこともなく終わったようだ。いまはただ、橘川の恋人としてとなりにいられる日々が、いつまでも続くことを願っている。

「別荘が無理なら、二人でマンションでも借りる？　俺は郊外がいいな。いや、待てよ。どうせなら戸建《こだて》のほうが……」

小さく笑って、橘川のネクタイのノットを整える。

「社長。そのお話はまた休日に。とりあえず取材です」

「あ、そうだった」

今日は雑誌の取材が二件入っている。ひとつはトラベル関係の季刊誌で、もうひとつは地元のタウン誌だ。どちらの雑誌にも写真付きでオーベルジュを取りあげてもらう予定なので、そろそろ本社ビルを出て軽井沢へ向かわなければならない。

「克之会長も同行したいと仰《おっしゃ》っているので、お声をかけに行ってまいりますね。そのあと、エントランス前に車をまわします」

「了解」

会長室は同じ五階にある。

廊下を歩いていると、ちょうど会長室から大きな段ボール箱を抱えた社員が出てきた。二人、三人とそれが続き、不思議に思いながら部屋を覗く。

「ああ、史さん。部屋が雑多《ざった》になってきたから、使わないものを処分しようと思ってね。このランニングマシーン、よかったら史さんにあげるよ」

もともと史也は克之の秘書だったので、克之の思いつきから始まる行動には慣れている。通信販売で買ったと思われるランニングマシーンに目をやり、「いえ」と苦笑する。

「会長。これから一颯社長とオーベルジュで雑誌の取材を受けるのですが」

「おお、忘れてた。もうそんな時間かい？　支度をしないといけないな」

克之が髪型とジャケットを整えている間に、ランニングマシーンは男性社員三人の手で持ちあげられ、会長室から消えた。おそらく行き先は、二階にある休憩ルームだろう。誰も使わない気がするのだが。

「史さん、待たせたね。さて、行こうか」

「はい」

克之とともにエレベーターホールへ向かうと、『点検中』の札がかかっていた。

「うん？　まだ終わっていないのか」

史也が思ったことを、そのまま克之が口にする。

今日がエレベーターの点検日だということは知っている。けれど、そう時間のかかるものではなかったはずだ。いまだ終わらないということは、故障している箇所《かしょ》でも見つかったのだろうか。

「会長。申し訳ないですが、階段を使って一階へ下りていただけますか。ぼくは業者の方に本日の点検の進捗《しんちょく》状況を確認してまいります」

階段を下りるつもりで踏みだしたとき、階下から大きな物音と誰かの悲鳴がとどろいた。悲鳴を上げた声の持ち主が、「社長っ！」と必死になって呼びかけている。

「い、一颯!?」

克之の耳にも届いたようだ。克之は引っくり返った声で息子の名前を呼んだかと思うと、階段を駆け下りていく。

（もしかして、さっきの――）

三人の社員が運んでいた大荷物を思いだし、心臓が握りつぶされるような感覚に陥《おちい》った。

すぐに気を取り直し、もつれる足で克之を追いかける。一秒が五分にも十分にも感じてしまうほど長い。ようやく克之の肩越しに踊り場が見え、あっと息を呑む。

二階の踊り場には、苦悶《くもん》の表情で倒れる橘川と、それを真っ青な顔で取り囲む社員たちの姿があった。その近くにはランニングマシーンが横向きになって転げている。

呆然とその光景を両目に映していると、

「くっそいてえ……」

橘川が頭をかきむしりながら、体を起こした。

「ふざけんな！　んでこんなもん、階段で運んでんだよっ」

「すみませんすみませんほんとすみません、エレベーターが使えなくて……！」

「はあ？　だったらあとにしろ！　これ、親父のだろ⁉　馬鹿正直に年寄りの言うことを聞いてんじゃねえ！」

しかめた顔で吠《ほ》える橘川を見て、全身から力が抜けた。

踊り場にいるのは、史也のよく知っている橘川でもあるし、まるで知らない橘川でもある。

視界が急速に霞《かす》んでいくのを感じながら、へなへなと階段に座り込む。

「一颯……一颯！　いまお前、私のことを親父と呼んだな？」

「だったら何。ああもう、マジいてえ。頭打ったし、腰打った。ったく、従業員にこんなもん運ばせんな。つうか！　会社にランニングマシーンとかいらねえから！」

「ぴょ、病院へ行こう。お前、記憶が戻ったんじゃないのか？　いつもの一颯じゃないか。そうだろ⁉」

「はあ？　階段から落ちただけで病院は大げさだろ」

縋《すが》りつく父親を鬱陶《うっとう》しそうに振り払った橘川が、ふいに口を噤《つぐ》んだ。

いまだ謝りつづけている三人の社員たち。わたわたと慌てるばかりの自分の父親。そして、階段のなかほどでへたり込んでいる史也を順に見て、訝《いぶか》しげに眉をひそめる。

「おかしいな。なんで俺、会社に来てんだろ……。なあ、親父、今日って何曜だっけ？」

その砕《くだ》けた口調に克之がどっと涙を溢れさせ、おいおいと泣きながら息子を抱きしめた。

＊＊＊＊＊

「――っと、踏んだり蹴《け》ったりだよ。タイムワープした感じ？　気がついたら五月も六月も終わってて、七月とかありえないだろ」

史也の運転する車の助手席で、橘川が友人と電話で話している。

本日、いよいよオーベルジュのグランドオープンを迎える。

まずは厨房スタッフを交えてミーティングをし、その後、オープニングセレモニーを行う予定だ。最後の山場に挑《いど》むため、史也は橘川とともに軽井沢へ向かっているのだが、一昨日《おととい》のどたばたのせいで、いまひとつ身に迫《せま》るものがない。

おそらく橘川も同じだろう。移動時間を使っての私用電話は、記憶障害を患ってしまった愚《ぐ》痴《ち》がほとんどで、オーベルジュの『オ』の字も聞こえてこない。

あれから橘川は克之に連れられて病院へ行き、再び入院して精密検査を受けることになった。その頃には自分の時間の感覚がおかしいことに気づいていたらしい。橘川の記憶は、史也と会う予定だった日の午前中で途切れており、交通事故に遭ったことも、別荘で史也とともに静養生活を送ったことも、まったく覚えていなかった。

『記憶を取り戻すと、記憶障害を患っている期間中にあった出来事を忘れてしまう症例もある』

まさに医者の言った症例どおりになったということだ。

そのかわり、橘川は事故に遭うまでの記憶を完全に取り戻した。もちろん『人』に関する記憶に欠けはない。入院も一日で済んだ。

そもそも踊り場に橘川が倒れていたのは、ランニングマシーンに直撃されてのことではなかったようだ。ランニングマシーンを運んでいたひとりが階段を踏み外し、残りの二人もつられて転倒、橘川は転げたランニングマシーンを避《よ》ける際にバランスを崩し、踊り場に落ちたのだという。だから橘川は頭と腰をぶつけた程度で、たいした怪我は負っていない。

おそらくこれは、万々歳《ばんばんざい》の結末だ。

克之を始め、橘川の家族は心から喜んでいるし、社員たちも皆、もとの社長に戻ったことに心底胸を撫で下ろしている。オーベルジュのグランドオープンが霞んでしまうほど、周囲はお祭り騒ぎだ。

ただひとり史也だけ、いまひとつピンと来ていない。

（本当に何も覚えてないのかな……？）

ハンドルを握りつつ、時折横目で助手席を窺う。

昨日はグランドオープンの準備でばたばたしてしまったので、記憶を取り戻した橘川をじっくり観察するのは、今日が初めてということになる。橘川が二人で過ごした日々を忘れてしまったら、自分は泣き崩れるほどのショックを受けるだろうと思っていたが、いまのところ、そこまでの気持ちに至っていないのが不思議だ。

当然といえば当然なのだが、橘川の見た目がまるで変わらないからだろう。オス的なフェロモンを漂わせた顔つきも、スーツ映《ば》えする体格も変わらない。言葉づかいが少々雑になった程度だ。だからなのか、こうして車を運転していてもふいに横から腕が伸びてきて、髪の毛をいじられるんじゃないかと思ってしまう。

「――じゃ、俺の快気祝いは飲みってことで。ああ、また連絡する」

通話を終えたようだ。橘川はスマホをしまうと、頭の後ろで手を組む。何か言いたいことでもあるのか、史也の横顔にじっと視線をそそいでいる。

「なんでしょう」

「ああいや、親父から聞いたんだけどさ、俺と二人で千ケ滝《せんがたき》の別荘で過ごしてたって本当？」

「社長の静養生活のことですね。本当です。十二日目の午前中までごいっしょさせていただきました」

答えた途端、「まじで？」と橘川が身を乗りだす。

「十二日って結構長いじゃん。あんた、その間どんな顔して俺の側《そば》にいたんだよ」

「どんな顔って――」

橘川に抱かれて喘《あえ》ぐ自分の声がよみがえり、頬が熱くなった。咄嗟《とっさ》にバックミラーを確かめるふりをして視線を逸《そ》らす。

「仕事ですから、いつもと同じ顔ですよ。ぼくは十二日間の出張扱いにしていただいたんです」

「ふぅん……出張ねぇ」

橘川はいまひとつ信じられないようだ。

ということは、何か覚えていることがあるのかもしれない。胸がざわめくのを感じながら尋ねると、あっさり首を横に振られてしまった。

「何も覚えてないんだ。ほんとに全然覚えてない。あんたに会うつもりでホテルに向かってたはずなのに、いきなり会社の階段から落ちた、みたいな。時空の歪《ゆが》みを感じない？」

時空という単語を久しぶりに聞いた。「はあ……」と洩れた史也の曖昧《あいまい》な相槌《あいづち》に、橘川の声が重なる。

「なあ、あの約束ってまだ有効？」

「約束？」

「話がしたいからプライベートで会ってくれって言っただろ？　あれだよ、あれ」

そういえば、五月頃にそんな約束を交わしていたのを思いだした。少し考えてから「有効です」と答える。橘川が「おおー」と笑みを広げた。

「いつがいい？　やっぱり昼間？」

「いいえ、昼でも夜でも構いません。社長のご都合に合わせます。ぼくは基本、休日はフルで空《あ》いていますので」

橘川に対する苦手意識は、恋をしたおかげでとっくに薄まっている。史也としてはいたってふつうのことを言ったつもりなのだが、橘川はいままでと異なる史也の対応におどろいたようだ。珍獣でも見るような目つきをして、「へえ」と言う。

「せっかくだからディナーにしようか。食べたいものがあったら言って。店、押さえておくから」

「うなぎ、とか」

「あー、うなぎ。いいね。史さんからリクエストされると、テンション上がるな。じゃ、うなぎってことで」

橘川はさっそくスマホを使い、店を探している。

「そういえば、見慣れないタブレットが俺の部屋にあったんだけど、史さん知らない？　親父のじゃないらしいんだよね」

「シルバーカラーのタブレットなら、社長のですよ。静養生活を始めるときに、千慧さんが用意してくださったんです」

「兄貴が？　なんだ、そういうこと。もしかして史さんの私物がまぎれ込んでるのかなと思って、触ってないんだ。じゃ、俺が持ってればいいのか」

忙《せわ》しなく手と口の両方を動かす橘川を視界の端に置いたまま、ひとり首を傾《かし》げる。

最初に橘川から「話がしたいから会ってほしい」と言われたときは、てっきり史也の素っ気《そけ》ない態度に苦言《くげん》を呈《てい》するためかと思っていたのだが、機嫌よく店を探す橘川の横顔を見る限り、そういう感じではなさそうだ。そもそも史也がうなぎをリクエストしたのは、食べたかったからではない。橘川の反応が知りたくて、高級食材の名前を挙げたのだ。

果たして、かわいくもない部下に小言を垂《た》れるのに、わざわざうなぎ屋に連れていく上司がいるだろうか。

（も、もしかして……）

――俺はぜったい、史さんに惚れてるはずだから。

――分かる？　史さんは俺の心に最初からいた人なんだ。

いつかの橘川の言葉がよみがえり、途端に心拍数が跳ねあがる。

あのときはとても信じられなかったが、記憶があってもなくても橘川は橘川だ。橘川本人があれほど力強く断言したということは、まるでない話ではないのかもしれない。

あと二十分もすれば、オーベルジュに着く。それまでに揺れ動くこの気持ちにけりをつけることができるだろうか。

史也はさりげなく呼吸を整えると、自然体を最大限に意識して切りだした。

「ところで社長。社長の好きな人って誰ですか？」

「は？　いきなり何」

とても好きな人がいるのに、その人が誰なのか思いだせない――。

記憶喪失《そうしつ》中の橘川に心中を打ち明けられて、ともに『好きな人捜し』をしたことを説明すると、橘川は見る見るうちにげんなりした顔つきになり、しまいには両手で頭を抱えた。

「おいおい、まじかよ……超最悪だ。記憶喪失って夢遊病みたいなもんなんだな。どうしてマキにまで訊くんだよ。知るわけねえって、話してねえんだから」

「で、誰なんですか？」

「や、誰、じゃないでしょ。言わないよ」

想定内の反応だ。だがここで引き下がるつもりはない。

クールなふりをして実は人一倍の怖がりで、恋愛なんてとんでもないとあきらめていた史也に、甘くて官能的な恋を教えてくれたのは橘川だ。あの頃の二人に戻りたくて、さらに踏み込む。十二日間のきらめく思い出の数々が、がんばれがんばれと史也にエールを送っていた。

「ヒントだけでも教えてください。ぼくは思いだしたくても思いだせない社長のために奔走《ほんそう》したんですよ？　ヒントを聞く権利くらい、あるんじゃないでしょうか」

「カタブツの史さんにしてはめずらしいね。これからオーベルジュのグランドオープンだっていうのに、俺と雑談がしたいわけ？」

「はぐらかさないでください。骨折り損のくたびれ儲《もう》けで終わってしまったから、お尋ねしているんです。ヒントだけでしたら、一分もあれば出せるはずです」

一歩も引かない史也にあきらめたのか、橘川が「ヒントかぁ……」と考え始める。

もし、「俺のすぐ近くにいる人だよ」と言われたなら、「奇遇ですね。ぼくの好きな人もすぐ近くにいるんです」と答えよう。『F』というイニシャルを挙げられたなら、「ぼくの好きな人は『I』です」と答えよう。

史也は半《なか》ば心を躍らせて、橘川の出すヒントを待っていたのだが——。

「ま、あれだね。史さんの知らない人、かな」

「え……？」

「だからヒントだよ。俺が好きなのは、史さんの知らない人」

思ってもいなかった答えを返されて、思考が停止してしまった。

橘川が史也に恋をしているのなら、そのヒントが『史さんの知らない人』になるはずがない。

途端に華やいでいた気持ちが沈み、冷たい汗が背中を流れる。

「史さんはその人に会ったことはないよ。だけど兄貴は何度も会ってる。それが最大のヒントかな」

史也は知らないが、千慧は知っている――。

ということは、千慧の友人や知人、『タタン』の常連客、ステンドグラス関係の人という線が考えられる。まったくの盲点《もうてん》だった。

「そうですか……。ぼくの知らない人でしたら、ぼくの力では見つけられなくて当然ですね」

「何、そんなに気になってたの？　どうしても知りたいなら、グランドオープンを終えたあとに時間を作るけど？　ごはんでも行く？」

「いえ、別にもう……」

橘川は「そう」と肩を竦《すく》めると、スマホをしまう。史也の表情が硬くなったことになど、気づいてもいないだろう。史也はいつも仏頂面《ぶっちょうづら》の秘書だったのだから。

――とにかく、すごくかわいい人なんだ。こう、ふわっと花が咲くように笑う人でさ。薔薇《ばら》みたいに豪華な花じゃなくて、楚々《そそ》とした感じ。

あの言葉を忘れていたわけではない。ましてや騙《だま》されたとも思っていない。二人で過ごした鮮《あざ》やかな日々と、恋人だった頃の橘川を信じただけだ。

史也のとなりには、あの頃と顔も声も体格も同じ橘川がいる。だが、いまの橘川が想っているのはオオデマリの人で、史也ではない。だから橘川が史也の髪をいじってくることはないし、史也を抱き寄せて、唇を合わせてくることもない。

ようやく――ようやく実感が湧いてきた。

いないのだ。

あの人はもう、どこにもいない。

かけがえのないものをさらわれて初めて、橘川が記憶喪失になったときの家族の混乱と苦しみが理解できた気がする。水際で成就《じょうじゅ》した恋はついに波に襲われて、橘川を遠くへ連れていってしまった。もうこの手は届かない。波が引いたあとに残ったのは、行き場をなくした史也の想いと、いまだ光を放つ思い出だけだ。

「さて――」

車窓《しゃそう》を覗いた橘川が伸びをする。

「そろそろ着くね。なんかいろいろあってどたばたしたけど、気合い入れていこうな」

「はい」

オーベルジュへ続く森が見えてきた。

冷静になれ、冷静に。今日はオーベルジュのグランドオープン日だ。色恋沙汰《ざた》に気をとられている場合ではない。今日を乗り越えたらたくさん泣こう。

そう自分に言い聞かせ、史也は強張《こわば》る手でハンドルを握る。

無事にオーベルジュのグランドオープンを終えて退社すると、史也はマンションへ帰ることなく軽井沢の別荘へ車を走らせていた。

時刻はすでに夜の十時をまわっている。

オープン後しばらくは、橘川とともに本社ではなくオーベルジュに詰めることになっているので、慌ただしい日々が始まる。

ある意味、地獄だ。橘川のとなりで軽井沢の空気に触れていれば、史也の心はいとも簡単に乱れてしまう。挙動不審な姿を橘川にさらす前に、二人で過ごした別荘で思い出の手触りを確かめて、気持ちの落としどころを見つけておきたかった。

最後に橘川と別荘で過ごした日、偶然にも史也が施錠《せじょう》したので、鍵を持っている。克之の許しを得ないまま、別荘へ立ち入ることを後ろめたく思いながら、鍵穴に鍵を差し込む。しじまにカチャ……と音が響いた。

(ああ、――)

ここで橘川と過ごしたのは、十二日間とそれ以降の休日だけだ。決して長い期間ではないはずなのに、リビングに足を踏み入れた途端、涙が溢れた。

キッチンに二人で立って料理を作ったこと。その料理をリビングで食べたこともあるし、テラスで食べたこともある。何度も抱き合い、二人でシャワーを浴びたこと。キスもセックスも、数えきれないほどこの別荘でした。

もう橘川は史也と連れ立ってここへ来ることはない。今夜もきっと、自室のベッドの上で寛《くつろ》いでいるだろう。もしかしたらオオデマリの人をまぶたの裏に描き、ひとりでやさしい笑みを浮かべているかもしれない。

余計なことを想像したせいで嗚咽《おえつ》が洩れ、史也はリビングのラグにへたり込んだ。

いままで眺めるだけの安全な恋しかしたことがなかったので、失恋するのは初めてだ。想い合っていた人の心から自分が消えるのが、これほどつらいことだったとは。少しでも早く本来の自分を取り戻さなければ、明日からの日々がいま以上につらいものになる。

ラグに突っ伏して泣いていると、遠くのほうから車のエンジン音が聞こえてきた。

一足早く夏季休暇をとった別荘の持ち主でもいるのだろうか。不思議に思っているうちに、車の音はどんどん近くなる。

(えっ……ここに来ようとしてる?)

はっとして立ちあがり、リビングのカーテンをほんの少し開く。

見覚えのある黒い外車が別荘の敷地内に滑り込み、停車するのが見えた。

(ど、どうして――)

あれは橘川の車だ。さっとカーテンを閉じたものの、手遅れだろう。駐車スペースにはすでに史也の車がある。呆然と立ち竦んでいると、インターフォンが鳴った。しばらく間を置いたのち、また鳴らされる。

橘川家所有の別荘である以上、このまま出ないというのは不自然だ。濡れた頬と目許《めもと》を厳重に拭《ぬぐ》ってから、玄関へ向かう。

扉を開けると、やはり立っていたのは橘川だった。

たったいままで泣いていたことに気づかれたかもしれない。訝しげに眉をひそめられ、咄嗟に頭を下げる。

「実はその、忘れ物をしてしまいまして……取りにきたんです」

玄関マットに視線を落としていても、橘川の眼差しがまっすぐ自分にそそがれていることが分かる。橘川はずいぶん経《た》ってから「そう」と言い、室内に入ってきた。

「ひとり?」

「ええ、はい。もちろん」

橘川はひととおりリビングを見まわすと、ソファーに腰を下ろした。うねった髪をかき上げ、こめかみを揉《も》み、深い息をつく。

「俺、二十回くらい史さんに電話したんだけど」

「あっ……すみません。車を運転していたのでマナーモードにしていました」

スマホの設定を解除するつもりでバッグのほうへ向かいかける史也に、橘川が言う。

「史さん。週末はここで俺と過ごしてたって本当？」

「――――」

思いだしたのかと思いきや、そうではなかった。

退社後、当たり前のように自宅で寛いでいる橘川に、克之が言ったらしい。「明日からオーベルジュに詰めるというのに、どうして史さんといっしょに別荘に泊まらなかったんだ。休日はあそこで過ごしていたんだから、気にせず使えばいいぞ」と。

「なんでそういうことを俺に言わないんだよ。電話をかけても出ないし、マンションに行ってもいないし、まさか別荘にいるのかと思ってきてみたら、本当にいるし。こっちは何も覚えてないんだから、あんたが言ってくれなきゃ分かんないんだよ」

「申し訳ありません。休日限定のことでしたので、社長にご報告しなければならないほど、重要な事柄だとは思っておりませんでした」

いまのあなたには関係のないことだから言いたくなかった――そんな思いが見え隠れする言い訳に、橘川が表情を険《けわ》しくする。重ねて謝るつもりで口を開きかけたとき、真横のスペースを顎《あご》で示された。

「座って。落ち着かないから」

理由はどうであれ、他人の持ちものである別荘に勝手に入っていたのは史也だ。とても橘川のとなりに腰を下ろす気にはなれず、ラグの上で膝《ひざ》をたたんで頭《こうべ》を垂《た》れる。

頑《かたく》なな史也の態度にうんざりしたのか、橘川がため息をついた。

「別に俺は史さんを叱るために来たわけじゃない。取り急ぎ、確認したいことがあるんだ」

橘川がバッグからタブレットを取りだした。

静養生活を始めるときに千慧が用意したものだ。橘川は「これを読んでほしい」と言いながら、タブレットを史也に差しだす。

何だろう。意味が分からないまま受けとり、タブレットに表示されている文字を追う。

(うそ……どうして――)

読み進めるにつれて、頬が強張った。

記憶喪失中の橘川は、このタブレットにメモアプリをダウンロードしていたようだ。

史也と別荘の周辺を散策したことや、そのときの会話の内容、第一印象と異なる史也に惹《ひ》かれる気持ち、ついに想いを打ち明け、結ばれたこと――赤裸々《せきらら》とまではいかないが、十二日間の思い出が文字となって、タブレットに残されている。

「今日初めてこのタブレットを開いておどろいたんだ。これは本当のことなのか?」

橘川に訊かれ、硬い表情でタブレットを突き返す。

大切に胸にしまっていたものを、いきなり白日《はくじつ》のもとに引きずりだされた気分だ。

いや、橘川が二度と忘れないために自分自身にあてて書いたものなのだろうから、橘川を責めるのはおかしいだろう。けれどここにいる橘川は、別荘で過ごした日々を覚えていない。史也にしてみれば、大切な二人の思い出を第三者に覗き見されたようなものだった。

「史さん、教えてくれよ。俺以外に知ってるのは史さんだけなんだから」

「答えたくないです。社長は覚えていないんですよね？　だったらそれはなかったことと同じです」

こみ上げてくる涙をなんとか押しとどめ、史也はソファーにいる橘川を見返した。

「ぼくが本当ですと答えたら、社長は信じますか？　逆にぼくがうそですと答えたら？　ぼくの答えがどちらであれ、社長は百パーセント信じることはできないと思います。社長には別荘で過ごしていたときの記憶は残っていないんですから、確かめようがない。ぼくは自分の都合のいいように、あなたを騙《だま》すこともできるんですよ？」

橘川が手のなかのタブレットを見つめる。

「なるほど、確かにそうだね。史さんの言うとおり、この別荘で過ごしていたのは、俺の知らない俺だ。いまの俺が体験していない以上、史さんがどう答えても、俺は完全に信じることはできないかもしれない。だけど俺は、俺を信じてここに来てるんだよ」

（俺を、信じて……？）

最後の言葉の意味が分からなかった。

橘川はつっと眉根を寄せると、両膝に左右の肘《ひじ》を乗せ、史也のほうに身を乗りだしてくる。

「質問を変えるよ。ここに書かれてる俺のことはどうでもいい。確かに俺は何も覚えていないけど、自分のことくらい分かるんだ。ただ、史さんのことが分からない。だから史さんの気持ちを教えてほしい」

「気持ちって、何をです？」

「俺のことを好きになったから付き合ったのか、遊びのつもりで付き合ったのか。そしていま、俺が何もかも忘れてショックを受けているのか、それともほっとしているのか」

「な、……」

忘れているからこそできる、残酷な質問だ。

目を瞠《みは》ったのも束《つか》の間、タブレットに残るメモの内容が虚偽《きょぎ》ではないという前提で問われていることに気がついた。

「社長。ぼくはそのメモの内容を認めておりません」

「だったらこれは俺の妄想日記なのか？　ちがうだろ。あんたはうまくはぐらかしているつもりでも、俺は俺で確信してることがあるから訊いてんだ」

「ぼくは別にはぐらかしてなんか――」

胸に刻《きざ》まれているのが『思い出』なら、橘川がタブレットから得たのは『情報』だ。覚えていない以上、思い出は共有できないはずだから言っているのに、その区分けをはぐらかしていると捉えられ、カッと目許が熱くなった。

「あ、遊びで付き合うとかっ……そういう発想、ぼくにはありませんから！　社長がぼくのことを忘れてほっとしてるというのもありえません。今夜だってぼくは、思いっきりひとりで泣くつもりでこの別荘に来たんですっ」

いったいどこの誰が初めて愛した人に忘れられて、安堵《あんど》するというのだろう。淡々と過ぎていくばかりの史也の日常を、たった数日で鮮やかな色に塗りかえたのは橘川だ。押し殺していた想いが再び風となり、史也の胸に吹き荒れる。

「ぼくはあなたのことが好きでした。好きになったんです。……おそらくこれからも好きだと思います」

溢れた想いとともに涙が頬を伝うのが分かり、たまらず両手で顔を覆《おお》う。

一度目の告白のときとはまるでちがう。あのときは、はじらいまじりの達成感を覚えたというのに、今夜は悲しみが波となって押し寄せてくる。

橘川の心に自分はいない、かわりにオオデマリの人がいることをすでに知っているせいだろう。容赦《ようしゃ》のない潮流《ちょうりゅう》に巻き込まれた恋心がその身を散り散りにさせ、海の藻屑《もくず》になっていくのが見えるようだった。

「史さん、――」

橘川がソファーを下り、史也の真ん前であぐらをかく気配がした。

できることならひとりにしてほしい。気が済むまで泣かせてほしい。けれどここは史也の家ではないので無理だろうか。橘川を置いて立ち去ろうにも、泣き濡れた目で車の運転はできそうにない。内心途方に暮れていると、橘川に前髪をかき分けられた。

「ひとつ訊いていい？　史さんは俺のこと、嫌いじゃなかったの？」

「き……嫌い、というか……すごく苦手でした。子ども時代の社長は、とてつもなくやんちゃだったので」

「ってことは、俺と二人で別荘で過ごしているうちに、好きになったたって解釈でオッケー？」

はい、という意味でこくりとうなずく。一回では分からないかと思い、もう一度うなずく。

橘川は「そう」と返すと、史也の髪をいじり始めた。

もてあそぶというよりも、どう触れようか迷っているような手つきだ。けれど何もしないという選択肢はないようで、ふっと撫でたり、ふっと離したりを繰り返している。

社長然とした橘川でもなければ、記憶をなくしていた頃の橘川ともちがう。どちらかというと、幼い日の『ふみくん』を泣かせてしまい、決まりが悪くなった『いぶきくん』に近い。

橘川がどういう顔をしているのか気になり、顔を覆った両手を少しずらしてみる。思ったとおり、史也に泣かれて非常に困っている、という顔つきの橘川が目の前にいた。

「あの、気をつかっていただかなくて結構ですよ。振られることは分かってましたので」

フォローするつもりで言ったのだが、橘川はほっとした様子を見せるどころか、眉根を寄せる。

「なんで俺が史さんを振るんだよ。言っておくけど、俺はあんたが俺を好きになるもっと前から、あんたのことが好きだから」

「……はい？」

「俺、史さんのこと、好きなんだ。ずっと好きだった」

まったく予期していなかった言葉を真顔で伝えられ、頬に置いていたはずの手がずるずると膝に落ちていく。史也の向かいであぐらをかいているのは橘川でまちがいない。それをしっかり確かめてから、「えっ」と声を上げる。

「待ってください。だって社長にはオオデマリの人が……ああいえ、好きな人が他にいるじゃないですか。ぼくの知らない人が好きって、今日しっかり言ってましたよね？」

「そうだよ。俺が好きなのは、史さんの知らない史さんだ」

橘川はソファーにあるタブレットを引き寄せると、史也の前で操作する。

「俺の好きな史さんは、こんな感じ」

差しだされたタブレットには、史也の写真が表示されていた。

いつ撮ったのだろう。光の粒のような小雨の降りそそぐなか、頬も眦《まなじり》もやさしくほころばせた史也の上半身が切りとられている。ただし、その視線はカメラではなく下方に向けられており、背中も丸い。

「あっ、これ、トトを散歩させてるときだ——」

「トトって？」

「カメです、カメ。別荘に飼ってるカメも連れてきてたんです」

橘川は「へえ……」と呟くと、いまは史也の手のなかにあるタブレットを覗き込む。

「史さん、自分じゃ気づいてないんだろ。あんたは兄貴といっしょにいるとき、いつもこんなふうに笑うんだ。何にたとえたらいいのかな、花の砂糖漬けみたいな感じ？　めちゃくちゃ甘くて幸せそうな笑顔でさ、見てるだけでぐっと来る。俺は兄貴に恋してる史さんに、ずっと恋してた。俺にはぜったいこんな笑顔は見せてくれないから」

「あ……」

だから、史也は知らないし会ったこともない、けれど千慧は何度も会ったことがある、というヒントになるのか。

いつも口を一文字に引き結び、ふて腐《くさ》れた表情で史也を見ていた『いぶきくん』がよみがえる。常に史也は千慧にくっつき、千慧ばかりを見ていたので、彼はずいぶんやりきれない思いを抱えていたのかもしれない。

「史さんには悪いけど、俺は別荘で静養してたときのことは何ひとつ覚えてない。だけどこの写真がタブレットに保存されてるのを見つけたとき、確信したんだ。俺は記憶をなくしてるときも、史さんに恋をした。じゃなきゃ、史さんの笑ってる顔を隠し撮りしたりなんかしないって。すごくない？　俺は二回も史さんに恋をしたんだよ？」

橘川から得意げな笑顔を向けられ、やっと身をもって実感することができた。

——俺はぜったい、史さんに惚れてるはずだから。

——分かる？　史さんは俺の心に最初からいた人なんだ。

あの言葉は不安がる史也を慰《なぐさ》めた言葉ではない。やはり橘川は、自分に残る感覚と史也への想いに自信を持っていたのだと。

「すごい……すごいですね。ぼくが本当にオオデマリの人だったなんて……」

「オオデマリの人？」

「あ、社長の好きな人のことをそう呼んでいたんです。オオデマリという花に雰囲気の似ている人だと仰っていたので」

橘川がタブレットを使い、オオデマリを検索する。出てきた花の画像を見て、「ああ、ほんとだ。確かに史さんっぽいね」と、いたってふつうの顔で言う。

「えっ、うそでしょ？」

「なんで。史さんを花にたとえるならこんな感じだよ」

平然と言い放つ橘川を瞠った目で見つめながら、楚々《そそ》としてかわいらしいオオデマリの花を脳裏《のうり》に描く。

どう考えても自分には不釣り合いだと思うのだが、橘川はそんなふうには思っていないらしい。二人の男——ここにいる橘川と、記憶喪失中の橘川だ——から告げられた想いがオオデマリの花となり、胸一面に咲いていくようだ。苦しくなるほどの幸福感に頬がじんと熱くなる。

「よかった。史さんが遊びじゃなくて」

橘川が心なしか弾《はず》んだ声で言う。

「タブレットに残されてるメモを読んだとき、俺は史さんに恋する自分の気持ちは分かったけど、史さんの気持ちが分からなかったんだ。だってあんた、俺にはほんと、素っ気なかっただろ？　何がどこでどうなれば、俺と付き合ったりできるんだろうって」

「だ、だって、子どもの頃の社長は、とにかく悪ガキだったじゃないですか。社長が記憶をなくすまでは、そっちの印象のほうが強かったんです」

大人になった『いぶきくん』は果たして昔のことを覚えているだろうか。「ぼくの頭の上でおもちゃ箱を引っくり返したことがありましたよね？」と訊くと、橘川は「あー」と渋い顔をする。

「あれはまあ、あれだよ。ようするにあんたに遊んでほしかったんだ。あんたはいつも兄貴といっしょに絵本ばっか見てたじゃん。俺、そういう大人しい遊びは好きじゃないから」

「じゃあ、ブランコに乗ってるぼくの背中を力いっぱい押したことは？」

「それは、兄貴よりも俺のほうが力があるってことをアピールしたかっただけ。つうか、ブランコはあのくらい揺れないとつまんないだろ。俺はあんたを喜ばすつもりで押したのに、あんたには泣かれるわ、おかんには叱られるわで、っとに散々《さんざん》だったね」

悪ふざけや意地悪ではなく、『いぶきくん』なりに理由があってのことだったらしい。橘川はあの頃と同じ、ふて腐れたような顔をする。

「分かってるよ、乱暴なのが嫌だったたんだろ？　もうしないって」

「本当に？」

「いや、しないでしょ。大人なんだから」

当時もおそらく『ごめんなさい』はあったと思うのだが、さすがにそこまでは覚えていない。

こうして橘川と話すことができて、やっと惨憺《さんたん》たる思い出に区切りをつけることができた。

大の大人が膝を突き合わせておもちゃ箱だのブランコだのと話しているのがおかしくなり、ふっと笑う。

「社長。そんな顔はしないでください。大人になった社長はすごく素敵な男性だなと思っているので、心配はご無用です。静養生活中に社長とたくさんお話をして、分かったんです」

「え、まじで？」

「いい意味で、ぼくなんかとても太刀打《たちう》ちできない人でした。さらっとぼくがどきどきするようなことを言うんです。それも毎日。あれで社長に恋するなってほうが難しいですよ」

橘川が「おおー」とうれしそうに笑い、史也を抱きしめる。

何度も抱きしめられたことがあるので、腕の感触も肌の匂いも知っている。まさかこの腕のなかに戻れるとは思っていなかった。目を細めて息をつき、橘川の温《ぬく》もりを味わう。

「俺が事故に遭った日、史さんと会う約束をしてただろ？　あの日、あんたに好きだって伝えるつもりだったんだ。史さんといっしょに仕事をしてるとさ、すごい壁を感じるわけよ。確かに俺は兄貴みたいに穏やかなタイプじゃないけども、いい加減、大人になった俺を見てほしかった。俺はちゃんとあんたの眸《ひとみ》に映りたいんだ」

「ごめんなさい。これからはちゃんと見ます。むしろ、すでに社長しか見えてないです」

本当に申し訳ないことをした。反省を込めて言葉にしたのだが、頭上から「んー」と不服そうな声が聞こえてきて、顔を上げる。

「史さん。こういうときは肩書きじゃなくて、名前で呼んでほしい」

「あ……」

それもそうだ。この甘い局面で社長呼びはおかしい。

かすかに頬を赤らめて、「一颯さん」と言い直す。

「ぼくは一颯さんのことを好きになりました。足りないところも多々あるかと思いますが、どうかぼくとお付き合いしていただけますとうれしいです」

どうも硬すぎたようだ。声を立てて笑われて、ますます頬が赤くなる。だが、すぐに足まで使ってがしっと抱きしめられた。

年下の男子らしい、素直に弾んだ声が史也のうなじにかかる。

「やばい、めちゃくちゃうれしい。喜んでお付き合いさせていただきます」

ラグの上でキスを交わすと、たまらなくなった。

触れる唇の熱さも絡《から》む舌の甘さも懐かしい。恋人だった頃の橘川がいなくなり、まだ二日程度しか経っていないというのに、何年も離れ離れになった末にようやく再会を果たしたような気分だ。

橘川にとっては、子ども時代からこじらせていた片想いに終止符を打ち、ついに史也の心を手に入れられた記念すべき夜になる。お互い待てるはずもなく、シャワーを後まわしにして二階にある主寝室のベッドになだれ込んだ。

「あー、くそう。スーツ持ってくればよかった。明日も一日軽井沢なのに、いったん自宅に帰らなきゃいけないなんて面倒すぎる」

「大丈夫ですよ。着替えのスーツがクローゼットにあるはずですから。毎週月曜日はぼくも一颯さんも別荘から出社してたんです」

「本当に？　んだよ、あんたと俺、ちゃっかりしてんじゃん」

会話を交わしている間もときどき唇を重ねて、互いが互いの服を脱がしていく。ダウンライトしか灯《とも》っていない部屋は薄暗く、街中の喧噪《けんそう》とも無縁な空間が、互いの欲望をはち切れんばかりに膨《ふく》らませていくようだ。

「……ん、っ……もう」

まどろっこしいベルトのバックルを自《みずか》ら外し、橘川の首に腕をまわして口づける。

あまり大胆に迫ったことはないのだが、二度とこの人に求められることはないだろうと思っていたので、今夜は昂《たか》ぶる気持ちを抑《おさ》えられない。橘川は橘川で、早く史也を自分のものにしてしまいたいのか、余裕めいた振る舞いを見せることもなく、急《せ》いた手で史也のスラックスと下着を脱がしていく。

あ、——と呟くのが聞こえた。

そういえば、ここにいる橘川がこの体を目にするのは初めてだ。史也は全身に脱毛の処理を施《ほどこ》している。そのなかでも橘川の視線を捉えて離さないのは、史也の下肢《かし》の狭間《はざま》だ。戸惑い気味に注視する眼差しを感じ、まだ体温の馴染んでいないシーツの上で素早く脚をたたむ。

「史さん……これは元カレの趣味？」

「やめてください、そんな言い方。蒸れるのが嫌だから処理してるんです。ちなみにぼくに元カレはいませんから」

記憶をなくしている橘川にもおどろかれたが、こちらの橘川にもおどろかれてしまった。

「えっ、うそ」と目を瞠られる。

「なんでうそをつかなきゃいけないんですか。言っておきますけど、ぼくは一颯さんが初めてですからね。二十八年間、ずっとおひとりさまだったんです」

シャワーを浴びずにベッドへ直行したり、積極的に唇を合わせるような行為も、橘川を勘ちがいさせてしまったのかもしれない。いまさらながらはずかしくなり、素っ裸でベッドの隅に逃げ込む。

服を脱ぎ捨てた橘川がにじり寄ってきて、後ろからすっぽりと体を包まれた。

「ごめん。俺、こんなきれいな体、見たことなかったから」

「……本当にそう思ってます？」

「思ってるって。体は攻め気なのに実は初めてとか、まじで滾《たぎ》る」

「え、ちょっ……攻めてなんかいませんよ。ぼくはただ、自分のために——」

どちらの橘川にも清楚系だと思われていたのに、これでは台なしだ。カッと頬を赤くして言いかけるのを、唇で塞《ふさ》がれた。

リビングで交わしたキスよりも激しい。急上昇した橘川の欲望の温度が見えるようだ。うごめく舌に口のなかを執拗《しつよう》に辿《たど》られて、こめかみを叩く脈が強くなる。「っは……」と喘ぐように息を継ぎ、けれどまたすぐに塞がれる。吐息まで奪われた。

「んっ……んぅ、——あっ」

史也の体のラインを確かめながら下った手が、閉じた脚の間にもぐり込む。身をひそめるための茂みを持たない性器はあっさり橘川に取りだされ、手のひらに乗せられた。

「色、ピンクじゃん。史さんのここ、なんでこんなに色っぽいんだよ」

「は、ぁ……っ、あ、ぁ」

あきらかに快感を引きだす手つきで扱《しご》かれ、湿った息を吐いて仰《の》け反《ぞ》る。

背後から抱きしめられているせいで、橘川に後頭部を擦《こす》りつけて甘えるような格好になってしまった。まさかそれがよかったのか、また唇に吸いつかれる。同時にもう片方の手で乳首を摘《つ》まれた。おかげで下肢の狭間から広がる快感がいっそう強くなる。

「だめ……やっ、あ……ん」

「どうして。こんなにしてるのにだめとか言うなよ」

色づきぬめった亀頭《きとう》をくじくように親指の腹で押されて、「やっ……」とかぶりを振る。

本気で嫌がっているわけではないのだが、自分でもどうして拒む言葉が口から迸《ほとばし》るのか分からない。まだすべてをさらけだすことに慣れていないからだろうか。一途に追いかけ捕まえてくれた橘川に誤解されたくなくて、史也のほうからも唇を寄せる。

「ち、ちがうんです、ぼく……あっ、ん……すごく、ほんとはよくて……」

「え?」

「触られるの、好きです……一颯さんに」

喘ぎまじりの拙《つたな》い言葉ではあるものの、一応は伝わったらしい。橘川が応《こた》えるように史也の唇を奪い、膝を割る。

「だったらもっとちゃんと見せて。俺がどれだけ史さんに焦《こ》がれてたと思ってんだよ」

「……っう……」

強引に脚を開かされたのがはずかしくてうつむくと、橘川の手のなかで反り返り、蜜口《みつくち》からとろついた液を吐きだしている自分の性器が見えた。さすがにこれは見苦しい。たまらずまぶたを染める史也に、橘川が耳たぶに口づけながらささやく。

「史さんのここ、すげーかわいい。さっきよりピンク色が濃くなってるの、自分で分かる？　果物みたいだな。もうとろとろになってるし」

「う……うそです、そんな」

射精をしたくて悶《もだ》えるペニスがかわいいはずがない。そういう意味で言ったのだが、橘川は別の意味に捉えたらしい。「うそじゃないって、ほら」と、搾《しぼ》りとる手つきで史也の性器を扱き始める。

「あ、んっ……あっ、あぁ」

途端に濃厚になった快感に、股座《またぐら》一帯が溶け落ちそうになった。いま寝室に満ちている水音が、すべて自分の立てているものだと信じたくない。眉根を寄せたものの、容赦《ようしゃ》のない愛撫にはとても逆らえず、か細く啼《な》きながら橘川の胸に後頭部を擦りつける。

「気持ちいい？　いいなら教えてよ。俺、もっと史さんのこと、知りたいんだ」

こめかみを這《は》う吐息にも、どこか切なげな声にも追い立てられた。

「ああん……いいっ、好き――っは、あぁ……ん」

ぐっとせり上がってくる劣情に翻弄《ほんろう》され、一際甲高《ひときわかんだか》い声を放つ。シーツをかく足がびく、びくっとわななき、橘川の手のなかに白濁《はくだく》を噴きこぼす。史也が達しても橘川は扱くのをやめず、残滓《ざんし》まで搾りとられてしまった。

「……は、……ぁ」

快感の余韻《よいん》はどこまでも深く、体がとろとろに蕩《とろ》けてしまいそうだ。乱れた息をつきながら胸にもたれた史也に、橘川が年下の男の顔で微笑《ほほえ》む。

「史さんのイクときの声、初めて聞いた」

「い、言わないでください……そんな」

「まだ知りたい。全然足りない。記憶喪失中の俺にはたくさん教えたんだろう?」

シーツに倒されて、四つ這いの姿勢をとらされた。

達したばかりで体に力が入らず、立てた膝が小刻みに震える。年齢は史也のほうが上でも、体格は圧倒的に橘川のほうがたくましい。自分よりも強いオスに尻をさらしているのだと思うと、余韻のほとぼりがちりちりと燃えあがるのを感じた。

「ああ……史さんはここもきれいなんだな」

史也の尻肉を左右に押し開いた橘川が、後孔《こうこう》に見入っているのが分かる。眼差しだけでなく吐息も感じると思っていたら、唇にするキスよりも激しく吸いつかれた。「ひゃぁ」と声を上げて背をしならせる。

興奮を伝える唇に、そして捻《ね》じ込まれる舌先に、再び史也の陰茎《いんけい》が熱を帯び、反り返る。

ここは性感帯なのだととっくに理解しているので、欲望をあからさまにした橘川に悦《よろこ》ぶ体を制御できない。必死になってシーツに爪を立て、媚肉《びにく》の締めつけを貪《むさぼ》る舌を受け入れる。

「ぼ、ぼく……そこはほんとにだめでっ……」

「だめじゃないだろ。史さん、もう勃《た》ってるし」

「だからっ……そういう意味でだめなんです」

本来なら誰にも見せない場所への愛撫は、快感と背徳感とが相まって、すぐに達してしまうのだ。指まで咥《くわ》えさせられるともうだめで、肉壁《にくへき》がきゅうきゅうと啼いてよがっているのが自分でも分かる。

もっといじって淫《みだ》らなメスのようにしてほしい――いつかの自分の願望がよみがえり、たまらず唇を噛む。

「もしかして、ここをかわいがられるのが好きとか?」

「……う……」

恋人を相手にうそはつきたくない。思いきりシーツを握りしめる。

「ご、ごめんなさい……実はすごく、好き……なんです」

いったいこれのどこが清楚系なのか。耳の付け根まで真っ赤にしたのも束の間、二本目の指を穿《うが》たれると、カッとまぶたの裏が白くなり、たったいま感じた羞恥心がいとも簡単に快楽へと翻《ひるがえ》る。

「あぁあん、あっ……いい……っ」

「だめだって、史さん。俺を煽《あお》りすぎ」

「……っあ、は、ぁ……」

「お尻をいじられるのが好きとか言われたら、俺だって欲しくてたまらなくなるだろ。こっちはただでさえ年下なんだから、少しはかっこつけさせてよ」

快感にぐずぐずに溶かされた意識では、橘川の言葉の意味が呑み込めない。振り向いた拍子《ひょうし》に二本の指が出ていき、「や……っ」と声を上げる。が、すぐに腰を引き寄せられ、尻の狭間にいきり立つものをあてがわれた。

「ぁ、あ――っ」

舌と指とでほぐされた後孔はすでにやわらかく濡れそぼっている。にもかかわらず、雄茎《ゆうけい》を呑み込むのが難しい。

きっと橘川がいままでにないほど、興奮しているせいだろう。ぎちぎちに張りつめた怒張《どちょう》は史也の媚肉に猛《たけ》った脈を伝えるほどで、額に汗が噴きでた。強い男に征服される悦びに果芯が立て続けにわななき、射精とたがわないほどの量の先走りをシーツに飛ばす。

「やば……。史さんのここ、最高だ」

喘ぐように橘川が言い、昂ぶりを根元まで突き入れる。やっと呑み込めたと思った次の瞬間には抽挿《ちゅうそう》を始められ、くらりと目がまわった。

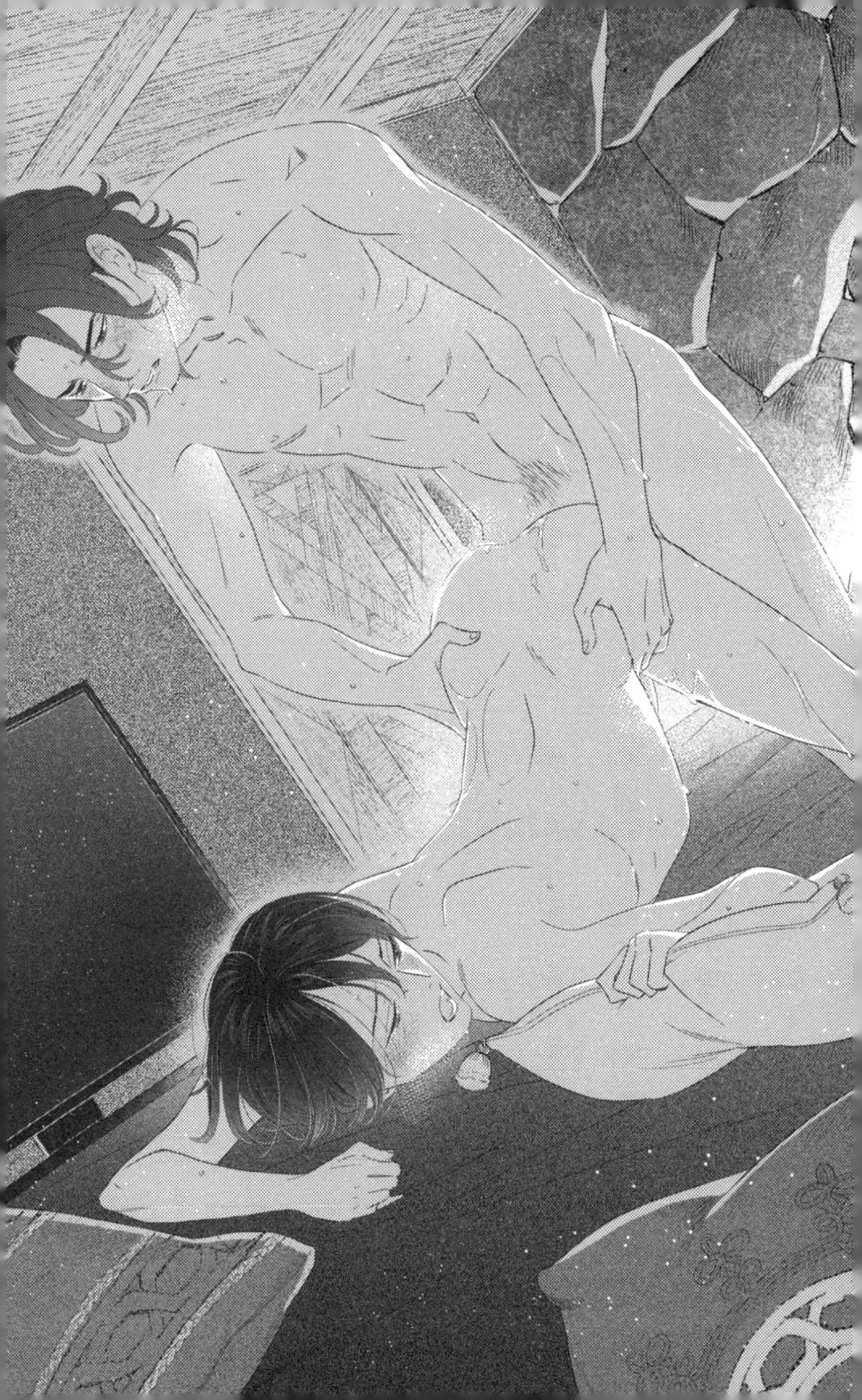

「待っ、ちょ……っあ、ぁあ」

際《きわ》まで引き抜いては穿つ激しさに、あやされた媚肉が身悶《みもだ》えをする。さざ波のような快感を味わう間もなく大波に襲われて、がくがくと膝が震えた。

太腿《ふともも》の辺りに熱い飛沫《しぶき》が散ったので、達してしまったのかもしれない。耐えきれずにシーツに沈む史也を、橘川が腰骨を掴み、引き寄せる。まだ終わらせないと言わんばかりの手つきに欲情し、「ぁあ……」とかすれた声が迸る。

ずっと好きだった、ずっとあんたが欲しかったんだと、繰り返し教え込むようなセックスだ。愛《いと》おしい気持ちも渇望《かつぼう》もすべてつまった腰つきに揺さぶられ、まぶたの裏が鮮やかな光でいっぱいになる。

「っ……は、んん……っ」

ああ、イク——と、言葉で伝えることすらもうできず、白い喉を反らせて喘ぐ。

うなじに背筋にと、橘川が狂おしく唇を押し当てる。そして絶頂の一歩手前を知らせるようなため息。熱く湿ったそれに肌を震わせた瞬間、勢いよく放たれたもので体の奥が潤う。

「史さん、——」

体を表に返されたが、橘川の雄根《ゆうこん》はいまだ史也のなかだ。余韻をかきまぜる抜き差しに恍惚《こうこつ》となりながら、どちらからともなく唇を合わせ、舌を絡ませる。

いったいどれほどの量を史也のなかで放ったのか。ぽってりと下腹が重い。それでもまだ欲しくて、足まで使って橘川を抱きしめる。笑った唇が史也のこめかみを滑《すべ》った。

「ほんと、煽るよね」

「だって……好きなんですもん。一颯さんのこと」

「史さんだったら俺は何回でも抱けるよ」

次第に速くなる腰つきに、再びまぶたの裏が光で満ちていく。

繋がっている箇所から泡立った熱液がくぷりと溢れる感触すら官能的で、甘い声で啼く。二度目もやはりなかで放たれた。

「――俺さ、兄貴のとなりにいる史さんがいちばんかわいいなって思ってたんだけど、認識をあらためる」

ようやく接合《せつごう》をといた橘川が、史也を抱き直しながら言った。

「どういうことですか?」

「史さんは、俺に抱かれてるときがいちばんかわいいってこと。感じてる顔もかわいいし、喘ぎ声もかわいい。いまもめちゃくちゃかわいい」

こういう言葉は素直に受け止めておくに限る。「そ、それはどうも」と頬を染めると、満足そうに笑った橘川が、史也の額に張りついた髪をかき上げる。

「大丈夫だった? 史さんが色っぽすぎて、全然手加減できなかったんだけど」

これに対する返しは難しい。「大丈夫でしたよ」と答えようものなら、次はもっと激しく求められそうな気がする。

それはそれで構わないのだが、二歳の差は小さいようで大きい。体力にはあまり自信がないので、答えないかわりに橘川の頬を軽くつねる。どういう意味に受けとったのかは知らないが、うれしそうに笑われた。

今夜だけでない、幸せな夜はこれからも続くのだろう。長いおひとりさまの人生が完全に終了した。口内炎《こうないえん》に悩まされることもなくなるかもしれない。

心がほころぶのを感じながら、橘川の胸に頬を預ける。

応えるようにしっかりと、たくましい腕が史也を抱きしめた。

年下社長は
やきもち焼き

Toshishitashachowa
yakimochiyaki

鼻歌まじりにカーブを曲がる。夕暮れの陽《ひ》に染まる、六階建てのマンションが見えてきた。

橘川《きっかわ》の愛《いと》しい人は、このマンションの三階に住んでいる。タイミングよく空《あ》いていたゲスト用の駐車場に車を停めて、弾《はず》んだ足取りでエントランスへ向かう。

史也《ふみや》とはオーベルジュのグランドオープンの日に付き合い始めたので、やっと二ヵ月経《た》ったところだ。ちょうど繁忙期《はんぼうき》と重なったため、あまり交際を満喫できていない。今日は土曜日だというのに二人とも昼過ぎまで仕事だったし、恋人としてこのマンションを訪れるのも、まだたったの三度目だ。

心地好い緊張を感じながら、エントランスのインターフォンを押す。ややあって、よそいきの声で『はい』と返ってきた。

「俺。もう着いちゃった」

『俺じゃ分かんないですよ。どちらの俺さまですか?』

「カメラついてんのにそれ言うんだ。史さんにベタ惚れの俺だって」

あははと笑う声が響く。

『どうぞ。鍵は開けておきますから、キッチンまで入ってきてください』

「了解」と軽やかに答えて、エレベーターホールへ向かう。

史也と仕事上の付き合いしかなかった頃、急ぎの用で何度かこのマンションを訪ねたことがある。そのときは、ただの一度もエントランスを突破できなかった。もちろん、急用を口実に部屋へ入ろうなんて魂胆《こんたん》はなかったので、構わない。けれど内心では、どんなときでもびくともしない、史也のガードの固さに舌を巻いたものだ。

（それがいまや、……ねぇ）

鉄壁のガードを打ち破った、記憶喪失《そうしつ》中の自分に最大級の賛辞を贈りたい。

今夜は史也のマンションに泊まって、明日もいっしょに過ごす予定だ。やれ飲み会だのなんだのと、休日でも忙しく出歩いていた頃の自分が知れば、びっくりするだろう。たったひとりの人にこれほどのめり込んでいる。

三〇五のプレートを指差し確認して、ドアを開ける。

靴を脱いでいると、キッチンのほうから「一颯《いぶき》さんー？」と聞こえてきた。下の名前で呼ばれただけで、全身がくすぐったくなるほどの幸福を感じる。

「うん、俺」

「鍵、かけておいてもらえますー？」

「オッケー。かけたよ」

辿《たど》り着いたキッチンには、菜箸《さいばし》片手にエプロン姿の史也がいた。やさしい表情で「お疲れさまです」と橘川に微笑《ほほえ》みかける。

ビジネスで使われる挨拶《あいさつ》でも、響きは甘い。橘川も「お疲れ」と返す。

「史さん、これ。すぐに食べられそうなもの、買ってきたんだ」

「ありがとうございます。では盛りつけますね。リビングとベランダ、どちらで食べます？」

「どっちでもいいよ。史さんが楽なほうで」

「自分の家なんですから、どこでも同じですよ。ぼくはあなたの好みを訊いてるんです」

休日出勤だったというのに、夕食は外食ではなく史さんの手料理がいいと、わがままを言ったのは橘川だ。願いを叶えてくれただけでなく、食事をする場所まで選ばせてくれるとは。

「じゃ、ベランダがいい」

「了解です。お料理運ぶの、手伝ってくださいね」

「もちろん」

このマンションは賃貸のわりにこだわったデザインで、ベランダが広いのだ。史也はベランダにガーデンテーブルや鉢植《はちう》えのグリーンを置いて、憩《いこ》いのスペースに仕上げている。休日はもっぱらここで、カメのトトと日向《ひなた》ぼっこをして過ごしているのだとか。

「一颯さん。さっそくですが、こちらを運んでください」

「お！　うまそう」

「あとこれもお願いします」

年上の恋人に指示されるまま、料理の盛られた皿をベランダに運んでいく。

手作りの夕食は、秋鮭《あきざけ》のポワレにバジルソースを添えたものと、ミルクスープ、トマトときのこのブルスケッタというラインナップだった。これに橘川が持参した、胸肉のテリーヌと魚《ぎょ》介《かい》のマリネも加わる。

「飲みものはどうします？　スパークリングワイン、用意してますけど」

「おお、いいねー。じゃそれで」

史也がテーブルにつくのを待ってから、「乾杯」とグラスを合わせる。

まっさきに橘川が口に運んだのは、史也お手製のポワレだ。

「あ、おいしい。いままで食べたポワレのなかでいちばんうまい」

「またまた調子のいいことを」

「いや、ほんとだって。史さん、料理上手だよ」

どんなレストランのディナーでも、今夜の夕食には敵《かな》わないだろう。

ここは街の中心部から離れているので景観に恵まれているし、ランタンとキャンドルの放つ光もあたたかみがあっていい。何よりもテーブルを挟んだ目の前に愛しい人がいる。穏やかな笑みを頬に刻《きざ》んで、具だくさんのブルスケッタをかじっている。

——楢崎《ならざき》さんって、雰囲気変わりましたよね。

いつからだろう、社内でそんな声を聞くようになったのは。

今日もオーベルジュの施設内チェックをしているとき、扉の向こうで男性スタッフたちが話しているのを小耳に挟んだ。

——楢崎さん、表情がやわらかくなって、とっつきにくさがなくなったっていうか。

——ああ、分かる。前はもっと冷たそうな感じだったよな。

——よく見たらきれいな人ですよね。イケメンっていうより、美人さんみたいな。

（は？　史さんはパッと見で分かるくらい美人だろ）

むっと顔をしかめ、心のなかで突っ込んだ。だが『とっつきにくさがなくなった』『イケメンというより、美人』という言葉には、大いに賛同する。

以前、史也のことを「日本人形みたいな顔した秘書さんだな」と無神経にも揶揄《やゆ》した園主がいたが、もし彼が最近の史也を見れば、ちがう感想を抱いていただろう。どこがどう変わったかと訊かれれば、なんとなく雰囲気が、としか答えようがない。とはいえ、変わったのはあきらかで、史也は仕事中でも小春日和《びより》を思わせるようなやさしいオーラをまとわせている。ちなみに付き合う前までは、ずばり永久凍土の人だったので、この変化はかなり大きい。

「どうかしましたか？」

不思議そうに史也にまばたかれ、食べる手を止めていたことに気がついた。

「なんでもない。史さん、俺と付き合うようになってから、きれいになったなって思って」

「またそんな……。ぼくは見た目も中身もたいした人間じゃないですよ」

「あのさ、俺が惚れてる人の悪口はやめてくれる？　会社でも、史さん変わったなって言われてるよ。俺も同感。雰囲気と表情と対応がやわらかくなって、美人度が増した感じ」

史也は目を瞠《みは》ったのも束《つか》の間、頬を桜色に染める。

「あの、とっくに口説《くど》き落としてる人をなおも口説くのって、楽しいですか？」

「楽しいよ。毎日でも口説きたい」

花の色をしていたはずの頬が、一瞬でりんごの色になった。

史也はクールそうな見た目に反して、分かりやすい反応をしてくれる。これで年上なのだから たまらない。にまにましで眺めていると、ふいに史也が耳を澄ませる仕草をした。

「……鳴ってません？」

「何が」

「あなたのスマホ」

着信もメッセージもじゃんじゃん入るスマホなので、史也と会うときは電源を切っている。

——はずなのだが、今日はうっかりしていた。慌てて部屋へ飛び込み、ソファーの上に投げていたバッグを漁《あさ》る。

友達からだ。電話をとると、あきらかに酔っている声が耳になだれ込んできた。

『やっほー、一颯ー。暇なら出てこねえ？　ちょうどユウジとダイキと飲んでてさ——』

「無理無理、めっちゃ取り込み中。ちなみに明日も無理だから。じゃ！」

早口で答えて通話を終わらせる。せっかくいい雰囲気だったのに台なしだ。

「史さん、ごめん。友達からだった」

電源を落としてベランダへ戻ると、意外なことに史也もスマホをいじっていた。

そういえば二人でいるときに、史也がスマホを触っているのを見たことがない。なんとなく気になったので、後ろから抱きつくていで覗き込む。メッセージアプリの画面が見えた。

「それ、誰」

「高校時代の同級生です。この間、街でばったり再会したんですよ。彼からLINEが届いてたので、ちょっと返信を」

「ふぅーん……同級生ねぇ」

二十八年生きてきた人なのだから、そりゃ同級生もいるし友人もいるだろう。当たり前のことなのに、流すことができない。自分はかなりのやきもち焼きらしいと、史也と付き合うようになって初めて自覚した。

「言っとくけど、浮気はだめだからね」

拗《す》ねたふりで——実際、拗ねていたのだが——、華奢《きゃしゃ》な肩口に顔を埋《うず》める。史也がおかしそうに笑い、振り向いた。後ろに向かって伸ばされた手が、橘川の頭を撫でる。

「浮気なんてするわけがないじゃないですか。一颯さんのこと、大好きなのに」

こういうところもいい。急に年上らしい包容力を見せてくるところ。

だから橘川も、年下男のモードで甘えてみる。

「ほんと？　じゃ、キスして」

史也のことだ。頬に軽く口づけてくるだけだろうと思っていたら、ちゃんと唇にしてくれた。

お返しに橘川からも口づけると、またキスが返ってくる。恋人同士しかしないラリーだ。小さなやきもちはあっという間に消えて、天にも昇るような心地に包まれる。

どれほど素っ気《そけ》なくされてもあきらめるという選択をしなかった自分に、これからもエールを送りたい。鉄壁のガードを打ち破った先に、やわらかで甘いマシュマロのようなものがつまっていたなんて、誰が想像しただろう。

ようするに、めちゃくちゃ幸せだということだ。

史也と付き合うようになって、橘川は友人からの誘いを慎重に吟味《ぎんみ》するようになった。

暇つぶしにだらだらと酒を飲むだけの飲み会には、まず行かない。そんな時間の使い方をするくらいなら、恋人と過ごしたい。

とはいえ、友人は友人で大事な存在なので、ちょこちょこと会う予定は入れている。その予定のひとつが男六人で行く、今週末のキャンプだったのだが――。

「雨予報？　まじで？　……だったら厳しいか。分かった、じゃ延期ってことで」

橘川は電話を終えるやいなや、史也のもとへ飛んで戻る。

「史さん史さん、予定がなくなったんだ。土曜日、泊まりに行っていい？」

本社にある従業員用のカフェスペースだ。一時をまわっているので閑散《かんさん》としており、遅めの昼食をとっている社員がぽつんぽつんといる程度だ。それでも史也は用心深く周囲を窺い、声のトーンを落とす。

「社長。今度の土日はキャンプに行くって言ってませんでしたっけ？」

「だからそれがなくなったんだって。週末は雨になるらしいよ」

史也が「あー」と洩らし、箸を置く。

「申し訳ありません。てっきり土曜日は会えないかと思って、友人と約束をしてしまいました」

「えっ……！」

「そんなにおどろくことですか？　ぼくだって毎週末空いてるわけじゃないですよ。いっしょに食事をする友達くらい、ちゃんといます」

そういう意味の「え！」ではなく、ショックと落胆の「え！」だったのだが。

出かけるのは夜だというので、だったら昼間会えないかと食い下がってみたところ、「トトを病院に連れていきますので」と、これまた断られた。定期的にエキゾチックアニマル専門の獣医師に診《み》てもらっているらしい。いわゆる健康診断というやつだろう。カメも受けるとはびっくりだ。

「でも日曜日でしたら、朝から晩まで空いてます」

「分かった……。じゃ、日曜日にデートしよう」

泊まりの線がなくなったのは残念だが、仕方ない。先に予定を入れていたのは自分のほうだ。

ということで土曜の夜は、キャンプに行くはずだったメンバーと飲みに行くことにした。

「まさかこんなに土砂降りになるとはなぁ。無理して行かなくて正解だった」

「ほんとほんと。強行してたらテントごと流されてたぞ」

海鮮料理が売りの居酒屋だ。店内は大勢の客でごった返していて、大声で会話を交わさないと聞こえない。威勢のいい店員の声と外からなだれ込む雨音がさらに邪魔をする。

たまには喧噪《けんそう》のなかに身を置くのもいいものだ。学生時代に戻ったかのようなテンションで酒を飲んでいると、鬱々《うつうつ》とした気持ちも晴れてきた。そもそも落ち込むことがまちがっている。単に恋人と都合が合わなかっただけなのだから。

「一颯。キャンプはいつなら行けそう？　お前がいちばん忙しいんだから決めてくれよ」

「そうだな。繁忙期も落ち着いてきたし、来週末でも再来週《さらいしゅう》末でも行けると思うよ。もしかしたら土曜の夜に合流する形になるかもしれないけど」

「おおー、じゃ、さっそく来週リベンジするか」

話がまとまり、二軒目へ移動すべく会計を済ませたときだ。皆に続いて店を出ようとした橘川の腕を、親友のマキが摑む。

「なあ、一颯。あそこで飲んでんの、一颯んとこの秘書さんじゃね？」

マキの視線の先を辿り、「あ……」と呟く。ロの字型になっているカウンターの一角だ。史也がにこにこした笑顔で、焼き海老《えび》の殻《から》を剝《む》いている。

「秘書さん、俺が会ったときとなんか印象ちがうわ。普段はにこやかな人なんだな」

「あー、まあね」と応《こた》えたものの、ひとりで来店してあの表情はない。

史也の左どなりは空席だったので、右どなりにいる男が連れなのだろう。緩《ゆる》めのパーマヘアの男だ。体つきは史也ほど華奢ではないものの、たくましいとは言いがたい。温和そうな笑みをたたえてビールを飲んでいる。

（ふぅーん……史さんが食事の約束をしてた友達ってあの人か）

じっと見ていると、パーマ男が史也の耳に唇を近づけた。うっかりすればぶつかるほどの近距離だ。男に何か言われた史也がはにかむように口許《くちもと》をほころばす。

（おいおい、口説かれてんじゃねーだろな）

ムッとしたとき、またもやパーマ男が余計なことをする。

史也の手許《てもと》から海老をさらったのだ。史也のかわりに殻を剝いてやるつもりらしい。案《あん》の定《じょう》、男から殻なしの海老を渡された史也は照れたのか肩を窄《すぼ》め、小さな口でもぐっと食べる。「おいしい……」と言っているのが聞こえるようだった。

（なんなのあいつ。史さんにぐいぐい行きすぎだろ）

自分ならどうするか。――剝いてやるとも。すべての海老を食べやすいように剝いてやる。

恋人の自分ならまちがいなくすることを、ただの友人でしかない男がやっていることにイライラした。

「おーい、一颯。何やってんだよ、行くぞ」

いつの間にかマキは店の外へ出ていた。入り口のところから手招きしている。

「悪い。俺、ここで抜けるわ」

「は？」

「急用ができた。ごめんってみんなに言っといて。また連絡する」

向かう先はもちろんカウンター席だ。パーマ男に自分の存在を印象づけておかなければ、気が済まない。ひとり気持ちを昂《たか》ぶらせて、史也の左どなりの椅子を引く。

史也は同じ店に橘川がいることにまるで気づいていなかったようだ。真横の席に腰を下ろすと、ちらっと一瞥《いちべつ》したのち、ぱっと表情を輝かせる。

「え！　びっくり。一颯さんも来てたんですか？」

「うん。あっちの座敷席に友達といっしょにね」

素直な笑顔だ。ということは、やましい食事会ではないのだろう。まずは一安心だ。

史也はパーマ男を見ると、橘川に手のひらを向ける。

「こちら、ぼくの直属の上司にあたる橘川社長です。……で、こちらは五十嵐《いがらし》くん。この間、街でばったり同級生と再会したって話したでしょ？　その人が五十嵐くんです」

「どうも。橘川です」

「あ……初めまして。五十嵐です」

五十嵐は愛想笑《あいそわら》いを浮かべたものの、すぐに気まずそうに目を逸《そ》らす。

まさか大衆向けの居酒屋で、同級生の上司と鉢合《はちあ》わせるとは思っていなかったのかもしれない。それとも橘川の年齢が若いことに引いたのか。何にせよ、挙動不審なのに変わりない。史也と同い年ならそれなりに社会経験を積んでいるだろうに、五十嵐は橘川と目を合わせないどころか、おしぼりで手汗を拭《ぬぐ》うばかりしている。

(んだよ、あからさまに動転しやがって。さっきまで史さんと楽しそうに飲んでたくせに)

もしかして本当に史也を口説こうとしていたのだろうか。うるさいほど賑《にぎ》やかな居酒屋を一軒目にしておけば、二軒目は落ち着いた店に誘いやすくなる。そろそろ場所を変えるつもりだったところに、自分よりも若くて強そうなオスが登場して怯《ひる》んだ——とか。

(なーんてね)

さすがに考えすぎだろう。けれど怪しいオスは牽制《けんせい》しておくに限る。やっとの思いで史也を捕まえたというのに、横からさらわれてしまったらシャレにならない。

「社長。お友達は放っておいて大丈夫なんですか？」

「大丈夫。俺以外のやつは、次の店に行ったから」

史也に答える形でも、橘川が見ているのは五十嵐だ。余計なことすんなよと念を込めて、強い眼差しをその横顔に突き刺してやる。

だが五十嵐よりも先に史也に気づかれた。やめなさい、というように太腿《ふともも》をさりげなく叩か

れる。いやだってこいつ怪しいじゃん、と目で訴える。またもやペシッと叩かれた。

「史さん、五十嵐さんとどんな話してたの？」

「どんなって……インテリアの話ですかね。五十嵐くんは元美術部だから、アートに詳しいんです。部屋に絵を飾ったら、とてもいい気分転換になったんですって」

史也は五十嵐を見て、「ね？」と笑いかける。

「あ、ああ……うん」

「社長室にも何か飾ってみましょうか。気持ちが華やぐかもしれませんよ」

「何言ってんの。史さんが側《そば》にいるから、俺の気持ちはいつも華やいでるよ。気分転換も必要ない。仕事もプライベートも最高に充実してるし」

言いながら、華奢な腰を抱き寄せる。ついでに横髪に鼻先を埋めてやった。

「なっ、——」

たちまち顔を赤くした史也が、焦《あせ》った様子で橘川の手を剝《は》がそうとする。が、放すわけがない。メラついた眼差しで威嚇《いかく》することは止められたので、真っ向から所有権をアピールするのみだ。

「ごめん、五十嵐くん。うちの社長、酔ってるみたい。普段はこんな感じじゃないんだ」

「そ、そうなんだ。でもここは居酒屋だから、酔ってる人がほとんどじゃないかな」

汗をかきかきフォローされたのが癪《しゃく》に障《さわ》った。

あんたの挙動がおかしいからこっちはムキになってんだよっ、と心のなかで叫ぶ。

「あのさ、五十嵐さん。俺、カウンター席に来る前から、あなたを見てたんですよね。もしかして史さんに下心を持ってませんか？　この人は俺の秘書なんだから、余計なちょっかい出さないでもらえます？」

はっきり告げた瞬間、五十嵐がさっと顔色を変えた。

（おいおい、まじかよ）

なんだか怪しいやつだなと思っていたが、まさか本当に怪しいやつだったとは。やはり史也を狙っていたのだろう。そうでなければ、ここで青ざめたりはしない。

なおも言ってやろうとしたとき、「いい加減にしてください！」と史也に怒鳴られた。

「ぼくと五十嵐くんは食事をしてただけです！　それを横から割り込んできて、わけの分からない絡《から》み方をして。いったいどれだけお酒を飲んだらそこまで酔えるんですか！」

「いや、酔ってねーし」

「酔ってるでしょ！　酔ってなくてそれなら大問題ですっ」

怒り心頭《しんとう》の史也に恐れをなしたのか、五十嵐があたふたと立ちあがり、伝票を掴む。

「楢崎くん、ぼくはお邪魔みたいだから帰ることにするよ。今夜はありがとう。社長さんとごゆっくり。じゃまた」

「あっ、待って……！」

橘川の腕を振りほどいた史也が、慌てた様子であとを追う。

思わず「史さん！」と呼んだが、史也は立ち止まるどころか、振り向きもしない。結局、橘川ひとりがカウンター席に残された。「んだよ……」と呟き、いまさらながら周囲を見まわす。数人の客と目が合ったが、気にしないことにする。

おもしろくない気持ちで店を出ると、傘を片手に史也が立っていた。眉間《みけん》に不機嫌そうな皺《しわ》を刻んでいる。五十嵐は帰ったようで姿はない。

「どうしてぼくの友達にあんなことするんですか」

「どうしてって――」

一応辺りに目を配る。降りしきる雨のせいで通行人はまばらだ。

「牽制しただけだよ。だってあの人、あきらかに怪しかっただろ。俺が割り込んだ途端、気まずそうに目を逸らしてさ。史さん、あいつに口説かれる一歩手前だったと思うよ」

「口説く？　馬鹿馬鹿しい。インテリアの話をしてただけって言ったじゃないですか」

「前振りだったんじゃないの？　インテリアにこだわってるって話しておけば、自宅に誘いやすくなるし。リビングに飾ってるアートを見に来ない？　とか言えるじゃん」

あながち的外れではないはずだ。けれど史也にとっては考えられないことだったのだろう。絶句したのち、あからさまにため息をつく。

「よくもまあ、次から次へとぼくの同級生の悪口を言えますね。いいですか、一颯さん。ぼくは五十嵐くんに口説かれてないし、口説かれる予定もないし、狙われてもいません。五十嵐くんは結婚してるんです」

ケッコン――だと？

まるで頭になかった単語を突きつけられて、目を瞠る。さすがに言葉を失った。

「既婚者が同性の同級生を口説くわけがないでしょう。今夜は幸い雨ですので、しっかり頭を冷やしてください。あなたはぼくの友人にとても失礼な振る舞いをしたんです」

史也はくるりと体の向きを変え、駅方面へ向かって歩きだす。けれど五歩も行かないうちに引き返してきた。氷点下を思わせる眸《ひとみ》が橘川を捉《とら》える。

「明日のデートは辞退いたします。こんな気持ちであなたと過ごしても、楽しいわけがありませんから。それではまた月曜日に。本日はお疲れさまでした」

史也は形だけの会釈《えしゃく》をすると、再び歩きだす。

雨に煙って見えなくなる後ろ姿を、橘川は呆然と眸に映していた。

まさか五十嵐《いがらし》が既婚者だったとはびっくりだ。だからといって、あの男の印象が変わるわけではない。釈然《しゃくぜん》としないまま、月曜日を迎えると――。

「社長、おはようございます」

「あ、史《ふみ》さん、おはよう」

「さっそくですが、本日の予定をお伝えします。九時から定例の経営会議。終わり次第、営業会議に移ります。十一時からビストロの冬季限定メニューの試食会をテストキッチンにて。昼を挟みまして、――」

声音もそうなら、表情も冷たい。まるで付き合う前に逆戻りしたかのようだ。史也《ふみや》は淡々と一日のスケジュールを読みあげると、タブレットをジャケットのポケットに差し込む。

「何かご不明な点は？」

「……いや別に」

「それでは本日もよろしくお願いします。私は会議の準備をいたしますので」

無表情で一礼し、さっさと社長室を出ていこうとする秘書の腕を慌てて引っ掴む。

「史さんさぁ、プライベートな喧嘩を仕事に持ち込むのはやめようよ。お互い、気持ちが刺々《とげとげ》しくなるだろ」

「別に持ち込んでおりませんが。私はいたって普段どおりです」

どこが、と大いに突っ込みたい。そもそも『私』という一人称がおかしい。普段の史也はたとえ社内でも、橘川《きっかわ》と二人のときは『ぼく』を使う。週末のうちに張り巡らされた、分厚《ぶあつ》い氷の塀《へい》が見えるようだった。

「昼、外で食べようか。少し話をしよう」

「反省したということですか？」

ここでうなずけばよかったのだろうが、自分の勘には自信を持っている。そんな思いが顔に表れてしまったのだろう。小鼻を膨《ふく》らませた史也が、橘川の手を引き剝《は》がす。

「せっかくのお誘いですが、辞退いたします。本日は私、お弁当を作ってまいりましたので」

カツカツと靴を鳴らしてドアへ進む姿を見ていると、なぜか史也が足を止める。ちらりと振り返り、「ちなみにあなたの分はありません」とわざわざつけ加えられた。

（なんつうか……怒ってるアピールがすごいな。分かりやすい）

初日こそ呑気《のんき》に構えていた橘川だが、次の日もさらに次の日もつんけんした態度をとられ、じょじょに心が削《けず》られていった。

甘くて幸せな日々を知ってしまったからこそのキツさだろう。付き合う前なら、少々冷たくあしらわれたくらいでへこたれることはなかった。史也は楚々《そそ》とした見た目とは裏腹に、頑固だし、気が強い。一度腹を立てたら、ひたすら塩対応を貫《つらぬ》く根性を持っている。

（んだよ、俺が悪いってことか？）

冷静になって考えてみると、五十嵐とはあの日、初対面だったのだ。彼のことを何ひとつ知らないくせに、怪しいだの、史さんに下心を持っているだの と、橘川は決めつけた。実は五十嵐は、超がつくほど人見知りをするタイプ、という可能性だってあっただろうに。

（結局、俺のやきもちが暴走した結果か。……参ったな、今回の餅《もち》はでかすぎる）

自分が悪いと分かった以上、謝るしかない。

木曜日——ついに橘川は全面降伏した。

「史さん。俺が悪かった。お願いだから仲直りしてください」

オーベルジュからの帰り道だ。あとは本社へ戻るだけで予定はない。社用車のハンドルを握っている史也がちらりと助手席に顔を向ける。

「反省したということですか？」

「した。……めっちゃした」

史也の顔はすでに正面へ戻されている。けれどその横顔は、先ほどよりもほんの少しだけやわらかい。

「よかった。あなたにぼくの言葉は通じないのかと思ってました」

「……ごめん」

「ちょっと話をしましょうか。お茶でも飲んで帰ります？」

「うん——」

しばらく車を走らせ辿《たど》り着いたのは、二人で何度か訪れたことのあるカフェだった。

店自体は小さいものの、四季の花咲くガーデンがある。話をするには打ってつけの場所だろう。さっそくカフェのカウンターでカップホルダー付きのコーヒーを買い、ガーデンへ出る。

薔薇《ばら》の咲く小道を歩いていると、少し開けたところに二人で腰をかけるのにちょうどいい石のベンチを見つけた。先に橘川が腰を下ろし、遅れて史也も座る。

「この間みたいなことは、もうしないでくださいね」

ふぅとコーヒーに息を吹きかけ、史也が啜《すす》る。

「お店でぼくを見かけて、声をかけてくれるのは全然いいんです。でもそのせいで、久しぶりに再会した同級生が居づらくなるなんて、いたたまれないじゃないですか。ぼくは一颯《いぶき》さんみたいに交友関係が広いわけじゃないので、小さな縁でも大切にしたいんです。一颯さんだって自分のお友達のことをぼくに悪く言われたら、嫌な気持ちになるでしょう?」

まったくそのとおりだ。史也は橘川の交友関係に口を出してきたことはないし、休日に友人と会う予定を入れても、嫌な顔ひとつしない。そんな人を相手にやらかしたのだと思うと、ますます落ち込んだ。「ごめん」と言ったきり、うなだれる。

ふっ、とやわらかなものを感じた。

史也の手だ。よしよしと橘川の後ろ頭を撫で始める。ちらりと目をやると、橘川のいちばん好きな、穏やかな笑みをたたえる史也がいた。

「……もう怒ってない?」

「怒ってませんよ。あなたがちゃんと謝ってくれたから」

史也はくるりと目を動かし、悪戯《いたずら》げな表情を作る。

「仲直りのキスはねだらないでくださいね。外ですから、ここ」

その言い方がかわいくて、頬も心もほころんだ。胸を撫で下ろし、史也の肩にもたれかかる。キスは無理でもこのくらいなら許されるだろう。夕暮れが近いので、ガーデンに客の姿はない。ほのかな花の香りにまじって、さわさわと揺れる葉の音が聞こえるだけだ。

「一颯さんは結構どころか、かなりのやきもち焼きなんですね。自分はしょっちゅうお友達と遊びに行くのに」

「そういうの嫌だった？」

「全然。お友達のことは大事にしてあげてください。ぼくはぼくで、あなたに大事にされていますから。ただ、お友達が女性となると、話は変わるでしょうね」

「あ、大丈夫。女友達はいないんだ。普段会ってるのは、全員男だよ」

「なら、心配ないですね。もとより、その手の心配はしたことないんですが」

史也はさらりと言って、おいしそうにコーヒーを飲む。

「たまには史さんもやきもち焼いてよ。さびしいじゃん」

「んー、極力焼きたくないです。ぼくのやきもちは怖いと思うので。かわいくあなたに訴えるなんて、できる気がしません」

史也の性格を考えると、そうかもしれない。「あー」と洩らすと、史也が笑う。

「何はともあれ、仲直りできてよかったです。ぼくも怒りすぎて、引っ込みがつかなくなった部分があったので」

「史さん、怒るとオーラがすごいよね。鬼も逃げだすレベル」

「またそういう余計なことを」

「うそうそ、いつもかわいいよ。仲直りしてくれてありがとう」

「いえいえ、こちらこそ」

よかった。これにて一件落着だ。

そろそろ本社へ戻らなければならない。温《ぬる》くなったコーヒーを飲み干して立ちあがる。

(ほんと、やきもちはほどほどにしないとな)

ずっと好きだった人がどんどんきれいになっていくから、史也に近づく男は全員敵に見えるのかもしれない。

特にあの夜は、楽しそうに食事をしている二人を目撃した時点で、嫉妬のスイッチが入ったのだろう。ほんの二ヵ月ほど前まで——記憶喪失《そうしつ》中のときのことは、覚えていないので別として——、週末の夜に史也と二人で食事をするなど、橘川にとっては夢のまた夢だったのだ。

(なのにあいつは、いとも簡単に史さんのとなりをキープしてさ)

性懲《しょうこ》りもなく五十嵐のことを思い返しているとき、小さな引っかかりを感じた。足を止めてもう一度考える。引っかかりの正体が判明すると、「あ……」と声が出た。

緩《ゆる》めのパーマヘア。すらりとした細めの体格。やわらかな笑みをたたえた表情。

五十嵐は、見た目の雰囲気が兄に似ていた。

四つ年上の実兄、千慧《ちさと》。幼い頃からつい最近まで、史也がひそかに想いを寄せていた人。

（そうか……だからだ。兄貴に似てる人だったから——）

一瞬で妬心《としん》が燃えあがり、過剰に反応してしまったのだろう。

それだけではない、史也もだ。

あの日の史也は、兄がすぐ側《そば》にいるときと同じ、はにかむような笑みを浮かべていた。交際前の橘川には、ただの一度も見せたことのない笑みを——。

「一颯さん？」

史也が足を止めている橘川に気がついた。数歩先から戻ってくる。

「どうしたんですか、ぼうとして。根っこでも生《は》えちゃいました？」

「あ、いや、庭がきれいだからつい見入ってさ」

かろうじて口角《こうかく》を持ちあげて、史也のとなりに並ぶ。

橘川の嫉妬の相手は、五十嵐ではなかった。兄と、兄を想っていた頃の史也だ。どうもがいても二人の間に入れなかった苦しさと切なさがよみがえり、吐く息がかすかに震える。

（くそう……こんな気持ち、いつまで持ちつづけなきゃならないんだよ）

兄と兄に似た男を見るたびに、嫉妬に苛《さいな》まれるのは御免《ごめん》だ。

もうすでに新しい日々は始まっているのだと、二対一の一でしかなかった自分はどこにもいないのだと、自分自身にしっかりと教えてやりたい。

ちらりととなりを見る。史也は明るい表情のままだ。薔薇の絡《から》まるアーチが気に入ったのか、スマホで写真を撮っている。

　橘川は自然体を意識して唇を開いた。

「史さん。今夜空《あ》いてる？　付き合ってほしいところがあるんだけど」

「今夜？　いいですよ。デートですか？」

「いや、――『タタン』に行きたいんだ」


　兄のやっているカフェ『タタン』は、こまごましたショップの集《つど》う通りにある。周辺には小さなコインパーキングしかなく、道幅も狭い。車二台で行くのは面倒だったので、史也にはいったん自宅へ帰ってもらい、その後、橘川の車で向かうことにした。

「なんかどきどきしますね。二人でお邪魔するなんて初めてですから」

　コインパーキングを出ると、史也は弾《はず》んだ足取りで二歩先を歩き始める。史也いわく、退勤後に二人でコーヒーを飲むだけでもデートになるらしい。機嫌を直した年上の恋人は、本当にかわいらしい。

　店の前に着いた。はずかしいのか後ろへ下がった史也のかわりに、橘川がガラスの扉を押し開ける。カランとカウベルが鳴り、カウンター内に立つ兄とばっちり目が合った。

相変わらず鳥の巣がほぐれたようなパーマヘアで、すらりと背が高い。

やっぱ似てるよなと、心のなかで呟く。

「うわ、びっくり。二人揃ってどうしたの？　めずらしいじゃん」

「今日は定時で終わったから、たまには兄貴の顔でも見ておこうと思って。……な？」

「あ、はい。こんばんは。お久しぶりです」

お世辞にも繁盛《はんじょう》しているとは言いがたい店なので、他に客の姿はない。橘川がカウンター席の真ん中に腰を下ろすと、史也はすぐとなりに腰をかける。これも兄にとっては意外な光景だったのだろう。あからさまなほど目を丸くして、「へえー」と呟く。

橘川はコーヒーを、史也はミルクティーをオーダーした。

「サービスするからなんか食べていきなよ。おやつメニュー始めたんだ。俺の手作りじゃないからおいしいよ」

「じゃ、誰の手作りなんだよ」

「冷食《れいしょく》、冷食。チンすればいいやつ。半日ここにいると、お腹減るんだよね。俺がちょっと摘《つ》まむ用にいいかなと思ってさ」

何事も自由気ままな兄らしく、ワッフル、アメリカンドッグ、たい焼きというラインナップだった。史也がアメリカンドッグを懐《なつ》かしがったので――子どもの頃、よくおやつに食べていたらしい――、二人分オーダーする。ご丁寧にもミニサラダ付きのプレートで出てきた。

「史くん、最近調子はどう？　一颯に振りまわされてない？」

「あ、大丈夫です。だいぶん慣れました」

「一颯、聞いたー？　よかったじゃん。二人の性格が真逆だから、心配してたんだ」

「真逆だからいいんだよ。な、史さん」

「はい、おそらく。同じ性格のほうが仕事にならない気がします」

仕事の話やステンドグラスの話。三人で他愛《たわい》のない会話を交わしつつ、タイミングを計る。

橘川より少し遅れて、史也がアメリカンドッグを食べ終えた。ミルクティーは残り三分の一ほどだったので、切りだすにはいいタイミングだろう。

「実は兄貴に言いたいことがあってさ」

「何ー」

「俺、史さんと付き合ってるんだ」

告げた二秒後、正面と真横の両方から「えっ！」と声が上がった。史也にいたっては、ミルクティーが気管に入ってしまったらしい。げほげほとむせ始める。

「いやいやいや、ちょっと待って。付き合ってるってどういう意味の？」

「恋人として」

またもや「えっ！」と叫ばれる。今度は兄だけだ。

「ちょ……びっくりしすぎて、混乱中なんだけど」

「うん。好きなだけ混乱して」

兄は右手にクロス、左手にグラスを持ったまま、棒立ち状態だ。その目がぎこちなく動き、弟から史也へ移る。

「……って一颯は言ってんだけど、本当？」

途端に史也が顔から火を噴いた。「や、まあ……その、あの」と散々《さんざん》口ごもったあと、観念したのかこくりとうなずく。

「本当です。ぼく、一颯さんとお付き合いさせていただいてるんです」

「まじでー!?」

これ以上ないほど目を丸くした兄が、ぐらっと体を揺らす。

おどろきすぎて立っていられなくなったらしい。兄はよろよろしながらキッチンの奥にあった椅子を持ってくると、「はー！　超びっくり！」と言って、腰をかける。

「てっきり一颯と史くんは、馬が合わないのかと思ってたよ。それがまさか同僚も親友も飛び越えて、カップルになるなんてさ」

「俺がずっと好きだったんだ。史さんのこと」

「あー、それはなんとなく分かってた。恋愛的な意味の好きとは思ってなかったけど」

ただのカミングアウトなら、これにて完了だ。

けれど兄にはまだ言いたいことがある。むしろ、ここからが本番だろう。すっかり縮《ちぢ》こまっている史也を抱き寄せて、弟ではなく男として言ってやる。

「あのさ、兄貴」

「何、まだあるの？　心臓が持たないんだけど」

「俺は史さんのことが好きだし、史さんも俺がいいって言ってくれてる。これから先、この人にちょっかいを出さないでほしいんだ。史さんはもう、俺のもんなんだから」

そう――こういうことは、あの日初めて会った五十嵐ではなく、兄に言うべきだったのだ。

長い間、史也の心と眼差しをひとり占めしてきた兄に。

「や、ちょ、え？　俺、史くんにちょっかい出したことあったっけ？」

兄が当惑げにまばたいた瞬間、史也が転げそうな勢いで椅子を立つ。

「ないですないです、ただの一度もないです！　すみません！」

「だ、だよね？　これ、なんのとばっちり？　宣戦布告っぽくない？」

こういう反応をするということは、兄は史也の恋心に一ミリも気づいていなかったのだろう。

史也にちょっかいを出されても腹が立つが、まるで関心を持たれていないのも腹立たしい。

「俺は念のために言ったんだ。世のなかには、他人のもんを欲しがる人だっているだろ？　別に兄貴がどうのって話じゃなくて、史さんに俺以外の男を寄せつけたくないってこと。分かる？　俺さ、史さんに惚れすぎてて、すっげピリピリしてんの」

「あ、なるほど……了解、了解」

兄が胸に手を当ててゼェと息をする。史也にいたっては、顔中汗まみれだ。

二人をおどろかせてしまったことは多少反省するとして、それ以外は良しだ。言いたいことが言えて、気持ちが楽になった。

「ま、そういうことだから。——史さん、そろそろ帰ろう。兄貴、ごちそうさま」

「またゆっくりおいで。次会うときは、俺のテンパり具合も落ち着いてると思うから」

しきりに恐縮している史也を連れて、『タタン』をあとにする。

そう長居をしたつもりはなかったのだが、もうすっかり夜になっていた。この辺りには、七時か八時で閉店する店しかなく、街灯も乏《とぼ》しい。それでも行き交う人の姿が途切れがちになってから、史也が口を開く。

「一颯さん！　どうしていきなりカミングアウトするんですかっ。事前に相談くらいしてくださいよ。めちゃくちゃびっくりしたじゃないですか！」

ほら来たぞと思いながら、足を止めて向き直る。

「事前に相談したら、史さんはオッケー出してくれたわけ？」

「すぐには無理でしょう。でも前向きに検討しますよ」

「てことは、時間が必要だってことだろ？　俺はモヤモヤした気持ちをさっさと手放したかったんだ。だから兄貴に言った。史さん、俺の最大のライバルって誰だと思う？　兄貴だよ」

史也は意味が分からなかったらしい。「ライバル？」と眉根を寄せる。

五十嵐は、兄に雰囲気が似ていたこと。そのせいで過剰に反応してしまい、あからさまに嫉妬してしまったこと。夕暮れ間近のガーデンで導きだした答えを伝えると、たちまち史也の表情が強張《こわば》った。

「待ってください……ぼくはもう一颯さんの恋人なのに、そんなに千慧さんのことが気になるんですか？」

「なるよ。だって史さん、兄貴のことを好きだった期間のほうが長いじゃん。俺とはまだ付き合って二ヵ月ちょっとだよ？　もしさ、──もし、兄貴が史さんのこと好きだったらどうする？　『一颯じゃなくて俺と付き合ってくれ』ってあの人に言われたら、史さん、兄貴のほうに行っちゃうんじゃないの？　兄貴はまんま、史さんの好みのタイプなんだろ？」

暗がりでも分かるほど、史也が目を瞠《みは》った。

じわじわと、その頬が赤らんでいくのも分かる。ただ、どきっとして赤面したのとはちがう気がした。唇は小刻みに震えている。

「──ま、そういうことを考える日もあるってこと。俺だっていつも自信満々なわけじゃないんだ。たまには気持ちが弱るときもある。史さんにはとことん避けられてきた実績があるから、なおさらね」

だめだ、これだと恨みがましく聞こえてしまう。すぐに言葉をつけ足す。

「もちろん、史さんの想いは信じてるよ。兄貴にほいほいついていくなんて思ってないし、兄貴も史さんにちょっかい出すとは思ってない。これは俺の心の問題なんだ」

傍《はた》から見れば、身勝手な嫉妬だろう。けれど二対一の一でしかなかった期間があまりにも長すぎて、うまく折り合いがつけられない。とはいえ、一年、また一年と史也と同じ時間《とき》を重ねていけば、いずれ消えてなくなるだろうことは分かっている。いまはまだ努力して心を整えないと難しい、というだけの話だ。

「史さんは気にしなくていいよ。俺は兄貴に言いたいことが言えて、すっきりしたし。相談なしにしたことなのに、俺を恋人だって認めてくれてありがとう」

話を終わらせようとしたとき、史也がくぐもった声で何か言った。

表情も分からないし、聞きとれない。史也はいつの間にかうつむいている。

「……じゃない……」

「え？」

「それ、一颯さんひとりの問題じゃないです。二人の問題です」

史也が顔を上げる。

両目に滲《にじ》む涙と、赤く染まった鼻の頭におどろいた。史也は大きく息をすると、顔つきを険《けわ》しくさせる。泣くのをこらえているのだろう。吐く息が震えている。

「ぼくは子どもの頃、あなたが苦手でした。いえ、はっきり言います。大嫌いでした。あなたには頭の上でおもちゃ箱を逆さにされたし、怖いくらいブランコを揺らされたし——」

史也は幼い頃の橘川がやらかしたことを五つも六つも挙げたあと、「でもぼくはもう、ほとんど覚えてないんです」と真面目な顔で言う。さすがに「はい？」と声が出た。

「忘れたわけじゃなくて、記憶の尖《とが》りがなくなった感じでしょうか。大人になったあなたに愛されることで、あなたに同化して融《と》けてしまったんです。絵にたとえるなら背景です。だったらぼくの初恋は……千慧さんを想っていた頃のぼくは、あなたにとって何ですか？」

橘川が答えなかったのは、史也が何を言おうとしているのか分からなかったからだ。

ただ、必要以上に事態を深刻に受け止めていることは分かった。問いかける声は落ち着いているものの、眸《ひとみ》に浮かんだ涙は消えていない。

「史さん、難しく考えないでくれ。これはただのやきもちで――」

「ぼくは、一滴《てき》の墨汁《ぼくじゅう》のようだと感じました」

「……墨汁？」

「あなたの心を濁《にご》らせる、一滴の墨汁です。ぼくは毎日幸せなのに、あなたはときどき千慧さんのことを考えて、つらい思いをしてる。そのつらさは本来、ぼくが取り除くべきものではないですか？　あなたがぼくの思い出を融かしてくれたように」

虚《きょ》を衝《つ》かれてしまい、言葉が出なかった。

史也が取り除くべきもの――？

そんなふうに考えたことは一度もない。発想自体、なかった。

呆然としたまま、史也の眸を見返す。脳裏《のうり》でぴちゃんと音がした。水に落ちる、一滴の墨汁。たちまち透明は失われ、淡い墨《すみ》色が広がっていく。たかが一滴、されど一滴。黒一色に染め変えるほどではないものの、水は確かに濁る。

何か言わなければ。この場を無難《ぶなん》に収める一言を。

唾《つば》をひとつ飲んだとき、史也が腕を伸ばした。細く頼りない腕に背中を包まれる。

「これからわがままを言います。あなたの恋人として」

人通りはまばらとはいえ、一応往来《おうらい》だ。その上、二人とも仕事帰りのスーツ姿。そんなシチュエーションで抱きつかれるとは思ってもいなかった。

「ぼくは今夜、帰りたくないです」

え、と訊き返す声がかすれて消える。

史也は腕に力を込めると、「いいって言ってくれるまで放しません」とも言った。

勝手にカミングアウトしたことで、史也《ふみや》を怒らせることは覚悟していたが、まさか「帰りたくない」とせがまれるとは。

二人でなら自宅へ帰れるのか、それとも近場でホテルをとってほしいのか——腕のなかから尋ねたところ、年上の恋人が選んだのは、後者だった。「だってぼくのマンション、ここからだと車で二十分はかかるんですよ？　遠すぎます。いまだって離れたくないのに……」と。

（頭、全然追いつかないわ。なんでこんな展開になったんだろ）

――大いに首を捻《ひね》りつつ、湯を張ったバスタブに体を沈める。

史也のためにホテルを押さえることはまったく構わない。ただ、二人きりになった途端に押し倒すのはちがう気がしたので、とりあえず風呂に入っている。

『一颯《いぶき》さんひとりの問題じゃないです。二人の問題です』

『そのつらさは本来、ぼくが取り除くべきものではないですか？』

あの科白《セリフ》は、どちらも想定外だった。勉強にたとえるなら、橘川《きっかわ》は算数の問題に挑《いど》んでいるつもりだったのに、「それ、国語の問題ですよ？」と指摘されたようなものだ。

どうりでなかなか解けないはずだと納得したものの、いまのいままで算数だと思い込んでいたので、自分のなかでうまく処理できない。その上、常に受け身の史也から、泊まりをせがまれたのだ。興奮と戸惑いでごちゃつく頭のなかを、どう整えればいいのやら。

（史さんに甘えられると、破壊力がすごいな。さっきのでだいぶん脳細胞が死んだ気がする）

予期せぬ展開とはいえ、それなりにハイクラスのホテルを選んだので、心地好く過ごせるだろう。このホテルの部屋は浴室と洗面室が一体になっていて、ベッドルームと同じくらい広いのがいい。ガラスの窓越しには、市内中心部の夜景が見える。

地上に瞬《またた》く無数の光を眺めていると、カチャッ、と音がした。

史也だ。まさか入ってくるとは思っていなかったので、洗面室と浴室を隔《へだ》てるスクリーンは下ろしていない。手でも洗いに来たんだろうと見ていたら、するすると服を脱ぎ始めたのでおどろいた。

あっという間に全裸になった史也が、橘川ではなく窓のほうに目を向ける。

「ビューバスなんですね。丸見えじゃないですか」

「大丈夫だよ。高層階だから」

相変わらずきれいな体だ。史也の頭のてっぺんからつま先まで、ちゃっかり視線を往復させたあと、唇を横に引く。だらしない笑顔になっていないことを祈る。

「めずらしいね、俺が入ってるときに来るって」

「なかなか出てこないから、もしかしてぼくの言動に引いたんじゃないかなって思って、心配になったんです」

「ないない。ちょっと考えごとをしてただけ」

橘川の伸ばした手をとり、史也がバスタブへ入る。明かりを映した湯が揺らめいた。

「さっきの言葉、うまく呑み込めなくてさ。史さんは二人の問題だって言ってくれたけど、やっぱり俺の問題な気もするし。史さんと兄貴は、俺のやきもちに巻き込まれただけだろ」

「いいえ。ぼくと一颯さんの問題です」

言いきる口調の強さとは裏腹に、史也の動きはしなやかだ。するりと橘川の肩に腕をかけて、股座《またぐら》に跨《また》がってくる。湯の下で互いの性器が触れ合った。

おお、の口で固まっていると、史也が顔を傾ける。しっとりとした唇に唇を覆《おお》われた。キスなら数えきれないほど交わしている。けれど史也のほうから積極的に舌を差し込まれたことはほとんどない。

なんだろう、今夜の史也はいつもとちがう。

訝《いぶか》ったのも束《つか》の間、唾液《だえき》の染みた舌の甘さに思考を溶かされた。こういうとき、考えごとをするのは損だ。ためらいがちに動くそれを捕まえて、くちゅっと音が鳴るほど吸いついてやる。くぐもった喘《あえ》ぎが鼓膜《こまく》をかすめ、一気に昂《たか》ぶった。

なめらかな背中に手を這《は》わせながら、舌と舌とを絡《から》ませる。互いが互いを欲しているのが伝わるようなキスだ。忙《せわ》しなく響く濡れた音に、乱れた呼吸音がまじる。

「ん、ぁ……は」

切れ切れに喘ぎをこぼした史也が、腰をグラインドさせる。

まさかそう来るとは思わず、咄嗟《とっさ》に息をつめる。キスの間に昂ぶった互いの性器は、あからさまなほど熱を放っている。湯のなかでなければ、あっという間に股座を濡らしていただろう。

史也は潤《うる》んだ眸《ひとみ》のまま、腰をうごめかす。

「こんな大胆なことができるのも、相手が一颯さんだからですよ……？　だってあなたの気持ちは、少々のことじゃ、びくともしないって分かるから」

「そりゃそうだろ。いちいち揺らぐもんか」

どれだけ惚れていると思っているのか。だいたい恋人に迫《せま》られて、萎《な》える男などいるはずがない。興奮するだけだ。

「だから、あなたにも同じように思ってもらいたいんです。ぼくは怒りっぽいし、かわいげもないし、愛情表現だって豊かじゃないから……あまり想いが伝わってないんでしょうね。でも一颯さんのこと、すごく好きなんです」

「いや、伝わってるって。俺は十分幸せだよ」

安心させるつもりで言ったのだが、意外にも目の前の人は不満げに唇を尖《とが》らせる。がぶっと下唇に噛みつかれた。

「いて！」

「十分？　どこが。不足だらけじゃないですか。ぼくはあなたにとことん愛されてるって分かってるから、あなたの周りにいる人たちに嫉妬なんてしないですもん」

「待っ、ちょ、あっ」

「確かにぼくは千慧《ちさと》さんが好きでした。やさしくて穏やかで、誰も傷つけないあの人の雰囲気が心地好かったんです」

腰をくねらせながら、説教するのはやめてほしい。その上、他の男の話まで始まった。目でも体でも愉悦《ゆえつ》を味わいたいのに、能天気な兄の笑顔がいちいち脳裏《のうり》にちらつく。

「でも、それだけです」

「は？」

「好きは好きでも、幼稚園児のするような恋だったということです。千慧さんとセックスしたいなんて思ったことないですし、いまだって思いません。こんなの、やきもちの対象にならないですよ。だいたいあなた、ぼくの好みのタイプ、知ってるんですか？」

つっと目を眇《すが》めた史也が右手を下方へ持っていく。

何をするかと思えば、橘川の屹立《きつりつ》を扱《しご》き始めたのでおどろいた。

ただでさえ、史也の腰振りで漲《みなぎ》っていたのだ。節《ふし》の目立たない、まさに白魚《しらうお》のような手で嬲《なぶ》られると、即刻達してしまいそうになる。さすがに早すぎるだろと歯を食いしばり、なんとか興奮をセーブする。

おかげで何の話をしていたか、分からなくなってしまった。

「あなたですよ」

熱情のこもった眼差しを向けられて、「え……？」とまばたく。

「ぼくは強くてたくましい、オスっぽい人が好きなんです。あなたと付き合ってるうちに、気づいたんです。やさしくて穏やかな人じゃ、だめなんだと」

——思ってもいなかったところに着地した。

史也はふっと微笑《ほほえ》むと、湯に視線を落とす。「ここも……ね、オスっぽいし」と独り言のように呟く。

「ちょ、それ、初耳なんだけど」

「でしょうね。初めて言いました」

「俺のほうが好みなのか？」

「はい。千慧さんのことは人として好き止まりで、あなたのことは男として好きです。おそらくぼくの性癖も関係しているんでしょう。二人きりになったり、キスしたり、裸で抱き合ったり、みたいなことを想像すると、千慧さんじゃだめなんです」

千慧さんもぼくが相手じゃ話にならないでしょうけど、と史也がつけ加える。

橘川が気になったのはそこではない。

「……！……性癖？」

「ま、それは追い追いに」

史也はいまさらながらはじらう素振《そぶ》りを見せると、橘川の好きなところを挙げていく。

強くてたくましいところ。子どもっぽい無邪気な一面を持っているところ。やきもち焼きなところ。愛情表現がストレートなところ。仕事にはいっさい手を抜かないところ。キスもセックスもたくさんしてくれるところ――。

最後に頬を赤くして、「何もかも魅力的です。だってあなたは、ぼくのすべてを鮮《あざ》やかに染め変えるほどなんですから」と締めくくる。

「まじで？」

「はい」

うなずく姿を見て、体中が熱くなった。性的興奮とはまたちがう昂ぶりだ。

「もっと早く話しておけばよかったですね。ぼくのなかで初恋は、とうの昔に終わったことだったので、あなたがいまも気にしてるなんて思ってなかったんです」

「いや、いいよ全然」

タイミングなんか関係ない。史也の心の内を知れたのがうれしい。

その上、今夜はいい具合に高めてもらえた。いまだ股座にある手を上から握り、揺さぶる。アピールが分かりやすかったようで、史也がおかしそうに唇を波打たせる。

「大きく育てすぎましたね。どうしましょ」

「どうしてくれる？」

「ベッドで待っててくださいって言ったら怒ります？」

「怒りはしないよ。史さん、鬼だなって思うだけで」

さて、どうするだろうと見ていたら、史也が手のひらを上へ向ける。「どうぞ」と言いながら、その手をちょいちょいと動かす。湯から上がってバスタブの縁《ふち》に座れ、という意味にちがいない。

「お、いいんだ」

「育てたのはぼくですからね。責任を持って収穫します」

悪戯《いたずら》っぽい微笑に、下肢《かし》の肉芯がさらに熱くなった。

さっそくバスタブの縁に腰を下ろすと、史也はためらうことなく、そそり立つペニスに舌を這わせる。太腿《ふともも》の内側がぞくっとし、「ああ……」と声が出る。

口で癒《いや》されるのは、今夜が初めてというわけではない。けれど煌々《こうこう》と明かりの灯《とも》ったバスルームでされるのは初めてだ。史也の上気した頬、夢心地に細められた目、大胆に亀頭《きとう》を舐《な》めまわす舌の動きに釘《くぎ》づけになる。

「一颯さん、見すぎです」

「や、だって」

——史さんって、こんなにうまそうな顔してしゃぶる人だったのか。

知らなかった。抱き合うときはいつも、ベッドルームの明かりを落としていたから。

「う、んぅ……ふ」

洩れる鼻息が色っぽい。落ち着いて息をすればそう苦しくないだろうに、史也は食べたくてたまらないものを口にしたかのようながっつきぶりなので、橘川よりも息を乱しているほどだ。

酸素不足のせいか、頬は赤みを増し、そのくせ、握ったペニスから唇を離そうとしない。

喉《のど》まで使って扱いてきたかと思えば、あっさり口から引き抜いて、焦《じ》らすように鈴口《すずくち》を舌でくすぐってくる。緩急《かんきゅう》をつけた口淫《こういん》のおかげで、快感はうなぎ上《のぼ》りだ。

（ああ、すげえ……）

こんなふうにされると、いくらも持たない。くうっと眉根を寄せて、口のなかで勢いよく放つ。責任を持って収穫しますという言葉どおり、余さず飲み干された。

余韻《よいん》にまみれた息をつき、いまだ股座にある黒髪を撫でてやる。

「史さん、口でするの、好きなんだろ。すっげ色っぽかったし、最高に気持ちよかった」

やめてください、あなたがしてほしそうだったから、がんばっただけです。――てっきりそんなふうに返ってくるかと思いきや、意外にも史也はきょとんとした顔をする。

「嫌いって言ったことありましたっけ？」

「いや、ないけど、なんとなくイメージ的に」

「好きですよ。ぼくはあなたのメスになりたい願望があるんです」

メス――そんなワードが桜色の唇から飛びだすとは思ってもいなかった。

目を瞠《みは》って固まっていると、史也がはっとする。言うつもりのなかったことをぽろりと洩らしてしまった、ということなのかもしれない。頬どころか首筋まで真っ赤にして、ばしゃばしゃと湯をかけてくる。

「ももうっ！　いい加減に出てってください！　あなたがいると、体も洗えないじゃないですか。イッたんですから、大人しくベッドルームで待てるでしょ⁉」

「は、史さんそれ、逆ギレだって……！」

ほうほうのていでバスルームを飛びだしたあとも、先ほどの科白が頭のなかを駆けめぐる。もしかして性癖というのは、メス願望のことなのだろうか。おおー、と思ったものの、具体的にどういうことなのかは謎だ。ただ、インパクトの大きさと淫靡《いんび》な雰囲気をまとわせた響きに興奮し、性懲《しょうこ》りもなく下肢の肉が硬くなる。

(なんだかんだで、今夜は特盛《とくもり》だな。朝まで史さんを抱ける気がする)

鼻息を荒くして待っていると、史也がベッドルームにやってきた。

あさらかに自分の発言を気にしている顔だ。一歩進んでは足を止めるような歩き方でベッドに近づいてきたかと思ったら、端のほうに尻を乗せる。即刻引き寄せ、組み敷いてやったが。

「史さん。俺のメスになりたいってどういうこと?」

「……わ、忘れてください。はずかしくて言えません」

「なんで。恋人だろ。したいことがあるんなら言えよ。ちゃんと応《こた》えるから」

色白の頬や首筋に口づけながら急《せ》かす。けれど史也は唇を一文字に結んだままだ。二人でいるときは人に言えないことをしょっちゅうしているのに——今夜だってそうだ——、何がはずかしいのかさっぱり分からない。

「いいから言えって。二人だけの秘密にしておけばいいだろ」

バスローブの合わせ目から手をもぐらせる。熱を孕《はら》んだ果芯《かしん》をさすってやると、やっと唇が割れた。「あっ……」と身を捩《よじ》らせた史也が、観念したように橘川の首根に腕をまわす。

「あの、その、えっとですね、……あなたに初めて抱かれたとき、気づいたんです」

「何を？」

「だから、自分の性癖……というか、願望に」

史也は散々《さんざん》目をさまよわせてから、すっ、と息を吸う。

「もっといじって、淫《みだ》らなメスのようにしてほしいって。ちなみに記憶を取り戻したあなたに抱かれたときも、同じことを思ってました」

一瞬――いや、しばらくの間、これが史也の言葉だと信じられなかった。

メスもかなりのパワーワードだというのに、『淫らな』までもが加わるとは。「へえ」とかろうじて相槌《あいづち》を打ち、生唾《なまつば》を飲む。ごくっと大きな音がした。

「なんていうか、ぼくもオスなわけですけど、セックスするときにぼくのオスの部分はそんなに尊重《そんちょう》してくれなくて構わないんです。口でされるよりするほうが好きですし、ペニスをいじられるよりお尻の孔《あな》をいじられるほうが好きなので。ぼくはオスの体をしてますが、セックスするときは、あなたを受け入れるメスとして扱ってほしいっていうか」

言葉を選びつつ心の内を語っていた史也が、ふと顔をしかめる。ぱしんと肩を叩かれた。

「なんで笑うんですか。あなたが言えって言ったんですよ？」

「いや、ニヤけるでしょ。好きな人にそんなこと言われたら」

後孔《こうこう》をいじられるのが好きなのは知っている。本人も以前言っていたし、いつもいい声で啼《な》く。だがペニスよりも好きだということと、淫らなメスのようにしてほしいと願っていたというのは、初耳だ。

「んだよ、早く言えばいいのに。俺も史さんのお尻、大好きだよ。ついでに史さんの頭んなかも好きさ。俺に抱かれながら、やらしいこと考えてたんだ」

言いながら、史也のバスローブを剥《は》ぎとり、体を裏返す。

「――で、どうしてほしいって？」

すべすべの尻を撫であげる。「あっ！」と叫ばれたが、抗《あらが》う気はないらしい。史也は体を縮《ちぢ》めると、おずおずといったていで振り返る。

「い、一颯さんの好きなように、いじめてください」

「そんなこと言ったら、本当に好きにするよ？」

頬を真っ赤にした史也がぎこちなくうなずく。

「じゃ、お尻をもっと突きだして。大事なとこがよく見えるように」

まだ舐めてもいないし、いじってもいない。にもかかわらず、つるすべの股座にある肉芯が反《そ》り返るのが見えた。やりとりで興奮したのかと思うと、橘川のほうも滾《たぎ》る。さっそく尻肉を押し開き、小さく窄《すぼ》まっている蕾《つぼみ》に舌を這わせる。

「ここにキスされるのは？」

「ぁあ……好きです、大好き……」

よほど感じるのか、史也が太腿をぶるぶると震わせる。蕾のほうは橘川の舌の動きに合わせて、閉じたり開いたりと忙しない。ときどき覗く艶《つや》っぽい肉の色に誘われて、舌先を捻《ね》じ込む。びくっと史也の腰が跳ねあがる。

「っはぁ……あっ、ん」

肉の襞《ひだ》がきゅううっと締めつけてくる感じがたまらない。顔を右に左にと傾けながら、根元まで収める。たちまち太腿の震えが大きくなった。

「だっ……だめ、そんな……あぁ！」

史也が「だめ」と口走るときは、たいてい「いい」ときだ。ずぶずぶと舌を抜き差ししてやると、また「だめぇっ」と訴えられる。切れ切れによがる声と悶《もだ》える肉襞を散々味わってから、舌を抜く。いつの間にか史也はシーツに先走りの水たまりを作っていた。

「史さん、いまからそんなでどうすんだよ。俺のもん、挿《い》れてもないのに」

「だ、だって……すごかったから」

「じゃ、これ、飲める？」

ひくつく窄まりに唾液を垂《た》らす。

「あ、ぅ」

小さな口なのですぐにこぼれてしまう。それでも史也は尻を掲《かか》げ直して、とろついた液体を受け止めようとする。おかげで眺めが格段によくなった。上から唾液を垂らすたび、蕾はあっぷあっぷと喘いでいる。尻孔は尻孔に過ぎないのに、どうしてこうもそそられるのか。息が上がるのを感じながら、中指を差し込む。ぐしゅっと音がした。

「ふっ、あ……！」

「お、いい感じだね」

送り込んだ唾液は史也の体え、に馴染み、肉襞に絡みついている。唾液を足しながら、ときには史也の先走りの露も掬《すく》れてやる。

何度も抱いている体せ込み、小さな蕾を寛《くつろ》げる。一、二本くらいなら容易《たやす》く呑めるようになった。

左手も加えて四本の指で押し開く。くぱっとあらわになった肉孔にそそれてやる。桃色のペニスが躍《おど》り、先走りを撒《ま》き散らす。

「……、やめ、はう……ぅ」

也は枕を抱え、息も絶え絶えな様子だ。目の焦点《しょうてん》も合っていない。だが橘川が横から覗き込んだことに気づくと、よだれで濡れた口許《くちもと》をほころばす。

「気持ちいい？」

「ん……すごい、いい。……早く、したいです」

「もう？」

「だ……だって――」

意地悪に聞こえたのだろうか。史也が切なそうに眉を波打たせる。

「イクときは……あなたのでイキたい……」

こんなふうにせがまれて、まだだめだ、とクールに言い放てる男は、世のなかにどれほどいるのだろう。会社を出るとただの年下男に過ぎない橘川には、まず無理だ。忙しなくバスローブを脱ぎ捨てて、史也の体を表に返す。

「あっ……」

バックからの眺めもいいが、正面からもいい。そそり立つペニスをひと撫でしてから、脚を割る。後孔は愛撫で蕩《とろ》け、ぽってりとした佇《たたず》まいに変わっていた。ねだるように口を開けていたここに、屹立の突先《とっさき》をあてがう。「は、ふぅ……う」と史也が唇を震わせる。

（……。やっぱ、史さんのなかは最高だ）

すべて入った。絡みつく肉の襞。埋めきるまでは慎重にと常に心に刻《きざ》んでいるものの、守られためしはない。恍惚《こうこつ》にまみれた息をつきながら、できるだけゆっくりと腰を進める。

「ああ、――」と、すぐに史也が腕を伸ばしてきて、橘川を胸に抱き込む。

重なり触れ合う肌は、なめらかで、あたたかい。下肢を包む快感に体中を溶かされる。

バスローブだけでない、もっとたくさんの、さまざまなものを脱ぎ捨てた気分だ。体と心だけの、いたってシンプルな橘川一颯が、求めてやまない人を抱いているような。もしかしたら史也も同じ気持ちかもしれない。抽挿《ちゅうそう》を始めると、史也はかすれた喘ぎをこぼし、橘川の髪をかきまぜる。

「っぁ、あ……すごい――あなたの、熱くて」

「ん……史さんも」

甘く息を絡ませ、唇を合わせる。史也が身じろぎするたび、屹立にまとわりつく媚肉《びにく》がうねって、言いようのない快感を呼び起こす。繋がるだけでこうも深い充足感を得られるなど、史也と付き合うまでは想像したことがなかった。心地好さを上まわる、愛《いと》おしさ。史也のすべてに溺《おぼ》れるのを感じながら、貪《むさぼ》るように腰を動かす。

「はあっ、ん！」

亀頭の縁が史也の気に入りの場所をかすめた。

体を起こし、その一点を狙って攻める。案《あん》の定《じょう》、「だ……だめぇっ」と身悶《みもだ》えられたが、ここが好きなことは知っている。花が咲くように色づいた肌や、わななき雫《しずく》を飛ばすペニスにも視線を這わせ、緩急をつけて突きあげてやる。

「あ、あ……っ……！」

柔肉がうねった。ほぼ同時に、桃色の果芯から白濁《はくだく》が溢れる。

結構な量だ。とはいえ、自分も史也のなかで相当の量を放つだろうから、揶揄《やゆ》できない。再び覆いかぶさると、息を乱したままの史也にぽかっと胸を叩かれた。

「もうっ。だめって言ってるのに、激しくするのはやめてください。あなたはいつもそう」

「嫌だった？」

途端に史也は口を噤《つぐ》み、気まずそうに視線をさまよわせる。

「嫌じゃないですよ。でも、あんなにされたらぼく……すぐにイッちゃうじゃないですか」

これで責めているつもりなのだからびっくりだ。史也は感じているときもかわいいし、果てたときもかわいいし、プンプン怒っているときもかわいい。

「いいじゃん、すぐにイッても。次はいっしょにイケるよ」

いまだ唇を尖らせている史也に口づけし、やさしく抜き差しする。

すぐに互いの吐息が湿り、ゆっくりした律動では物足りなくなってきた。たまにはとろ火で炙《あぶ》るようなセックスをしてみたいが、史也が相手だと生涯無理だろう。やわらかく馴染んだ肉襞に劣情を刺激され、理性よりも本能が優位に立つ。

「や、はぁ……っ、も、また、——」

「こんなの、激しいうちに入んないって。大丈夫、置いていかないから」

泣きそうに顔を歪《ゆが》ませた史也に唇を押し当てて、高みを目指す。

押し寄せては縋《すが》りつく肉襞に、頭の芯を持っていかれそうになる。それを振りきり穿《うが》つたび、下肢ごと蕩けそうな快感が広がる。下腹に当たる史也の果芯は、いつの間にか硬さを取り戻していた。すでに濡れている先端を撫でてやると、史也は喉を反《そ》らせて喘ぐ。

「だ、だめ、っはん、あ……っ、イキそう……！」

「え、早いよ。俺が置いてけぼりじゃん」

「む、無理……んっ、あ！　はぁあ……ぁ」

もう耐えられないということらしい。ぐうっと背中に爪を立てられる。

敏感な体はどこまでも欲しがりだ。史さんがこんなだから、俺はいつも箍《たが》が外れるんだよと言ってやりたい。肉襞はさらなる奥へ引き込むように蠕動《ぜんどう》し、強く射精を促《うなが》してくる。こうなると持ちこたえるのは難しく、貪婪《どんらん》な媚肉に煽《あお》られるまま、最奥《さいおう》に突き入れる。

「あっ、――」と声を洩らしてしまうほど、きつく締めつけられた。

その瞬間に欲望が爆《は》ぜ、射精の心地好さに全身を包まれる。精を放ったというよりも、搾《しぼ》りとられる感覚だ。見えない子宮でも持っているのか、肉襞はぐうぐうと収斂《しゅうれん》しながら、精液を啜《すす》り飲む。おかげでただでさえ蕩けていた肉筒《にくづつ》がぐしょぐしょになった。史也も達し、下腹を濡らす飛沫《しぶき》を上げる。

「あ、は……ぅ……」

まさか平日にこれほど濃厚なセックスをするとは想像もしていなかった。

弛緩《しかん》した体を重ね、互いに乱れた息をつく。

「一颯さん」

ようやく肌の火照《ほて》りが引いた頃、史也が体を起こした。バスローブを羽織《はお》ってから、恋人らしく橘川の胸にもたれかかってくる。

「今夜はわがままを聞いてくれて、ありがとうございました。ぼくがどれだけあなたを好きか、分かってくれましたか？」

「うん、分かった。俺にめっちゃ惚れてんじゃん。男は生涯、俺だけでよさそうだね」

「当たり前じゃないですか。ちなみにあなたは？」

「俺だって同じだよ。一年後も二年後も、その先もずっと、史さんと恋人でいたい」

常に思っていることだが、言葉にしたのは初めてだ。情熱的なセックスのおかげで、昨日よりまた一歩、互いの心に近づけた気がする。

顔を見合わせて笑っていると、ふと史也が神妙な面持《おもも》ちになった。

「心の傷のほうはどうですか？　少しは癒《い》えました？」

「傷？　兄貴へのやきもちのこと？　あれは本当にただのやきもちで、俺は別に傷ついてたわけじゃないよ。子どもの頃、史さんは兄貴にべったりだったし、俺の秘書になってからも、兄貴ばっか見てたから、妬《や》いただけ」

「でも、傷ついたでしょ？」

部屋の明かりを映した眸が、まっすぐに橘川を見ている。

いや、と言いかけて、考える。傷ついたかと訊かれれば、傷ついたかもしれない。けれどそれは仕方のないことだ。幼少時代の橘川はなかなかの悪ガキだったので、おっとりでマイペースの史也は相当怖い思いをしただろう。穏やかな兄を慕《した》うのは当然だ。

だが、それを言っても史也は「でも傷ついたでしょ？」と同じ問いかけをする。

どこか悲しそうに窺う眸を見て、気がついた。橘川は自分がやらかしたことなのだから、自業自得だと思っていた。けれど史也は、大人として割り切る前の——幼い日の一颯が抱えていた気持ちに寄り添おうとしているのだ、と。

「史さんはやさしいね。どうりで俺じゃ、なかなか捕まえられないはずだ」

「話、逸《そ》らしましたね？」

「逸らしてないよ。ありがとう。俺が自力で塞《ふさ》いだ傷を見つけてくれて」

その上、手当てまでしてくれた。これが子どもの頃なら、特効薬欲しさに悪さを重ね、ますます嫌われていただろう。大人になったいまでよかった。

史也を胸に抱き込みながら、あえて兄の顔を思い浮かべてみる。

もう妬心《としん》めいた感情はかけらも湧いてこなかった。兄は兄、それだけだ。心を濁《にご》らす一滴《てき》の墨汁《ぼくじゅう》どころか、水と大差ない。時間をかけて消化させていくはずだった負の感情が、こうもきれいになくなってしまうとは。

融《と》かしたのは史也だ。弱っていた橘川の心を、深く真摯《しんし》な想いで丸ごと包んでくれた。

「ほんと、今夜は特盛だな」

「……特盛？　何がです？」

「幸せの特盛ってことだよ」

最高の夜だ。胸がいっぱいでどうしようもない。

——その後、史也《ふみや》との交際は順調に続き、三ヵ月目を迎えることができた。

今日は週末恒例の泊まりのデートだ。夕方の早い時間に待ち合わせをして、二人で夕食用の食材を買ってから、史也のマンションで過ごす。

ちなみに「朝から会わない？」と言ってみたところ、「あー、午前中は五十嵐《いがらし》くんと出かける予定があるんですよね」と断られてしまった。くそう、またあいつか！　とモヤッとしたものの、顔にも態度にも出していない。何事も前向きに考えて、日中は橘川《きっかわ》も用事を済ませることにした。といっても、史也のために空《あ》けていた土曜日だ。飼い犬のレオンの散歩へ行ったり、洗車したり、オイル交換をする程度の用しかないのだが。

（そうだ、スポーツジムに行こうか。最近サボりがちだったし）

ディーラーをあとにしたとき、助手席に投げていたスマホが着信を知らせた。

きっと友達の誰かからだろう。慌てて出ることはせず、赤信号で引っかかったタイミングで、確かめる。史也からだったのでおどろいた。ちょうど近くにあったコンビニの駐車場に車を停めて、電話をかけ直す。

「あ、史さん？　俺だけど」

『一颯《いぶき》さん！　ぼ、ぼくは、あなたに謝らないといけないことがっ――』

「えっ、急用でもできた？」

てっきり今日は会えなくなったのかと思いきや、そうではないらしい。けれど史也はまさか泣いているのか、洟《はな》をすすっていて、何を言っているのかよく聞きとれない。とりあえず、いまから会いに行っても差し支《つか》えがないようなので、マンションへ向かうことにした。

「史さん、どうしたんだ。何があったんだよ」

玄関先では、真っ青な顔色の史也が待っていた。橘川を見るなり、「ほ、本当にすみませんでした……！」と涙声で言い、肩を震わせる。

「ちょちょ、まずは落ち着こう。な？」

とんとんと背中を叩いてやり、リビングのソファーへ連れていく。来客に気づいたトトが、水槽《すいそう》のなかでにゅっと首を伸ばすのが見えた。

「実はですね……今日は五十嵐くんに誘われて、絵の展示即売会に行ってきたんです」

史也は絵画にたいして興味はなく、ましてや欲しいなどと思ったことがなかったので、気乗りしなかったらしい。けれど同級生の誘いを無下《むげ》にするのも気が引けて、顔を出す程度のつもりで出かけたようだ。会場となった商業ビル内のイベントスペースには、史也同様に五十嵐に声をかけられて足を運んだらしい同級生がちらほらいたのだという。

この時点で胡散臭《うさんくさ》さがプンプンだ。

「一颯さん。いったいどんな絵を展示販売してたと思います？」

なんとなく察しがついたが、余計な発言をして史也と揉《も》めたくない。「さあ」と首を傾《かし》げるだけにとどめておく。

「幸運を呼び寄せる絵画ですよ……！　絵を飾っておくと、運気が上昇するとか、バイオリズムが整うとか、良縁に恵まれるとか！　価格だって一枚百万円近くするんですよ⁉　これって絵画商法にスピリチュアル詐欺《さぎ》がくっついたようなもんじゃないですか！」

史也は吠《ほ》えたのも束《つか》の間、力なくうなだれる。はぁ……と大きなため息が聞こえた。

「五十嵐くんと食事に行ったとき、やたらとアートについて熱く語られたんですよね……。てっきりインテリアの話かと思って聞いてたのに」

「それって俺とばったり会った日のこと？」

「ですです。あの店、賑《にぎ》やかだったじゃないですか。ぼく、あまり五十嵐くんの声が聞きとれなくて。だから適当に相槌《あいづち》を打って流してたんです。だってメインはアートの話じゃなくて、再会を喜び合う食事会のほうだと思ってたから」

史也がおもむろにソファーを立つ。コーヒーでも淹《い》れる気になったのかと思いきや、いきなりラグの上で正座して、がばっと頭を下げたのでおどろいた。

「本当に申し訳ありませんでした……！　五十嵐くんは怪しいっていう一颯さんの勘、どんぴしゃだったということです。あなたは何度も五十嵐くんはおかしいって言ってくれたのに、ぼくはやきもちだって決めつけて、あなたにひどい態度をとった挙句《あげく》、反省までさせて……」

「ちょ、やめなって。結果論だろ、それは」

「結果論だろうがなんだろうが、ぼくが悪いことに変わりありませんっ」

がんとして動こうとしない史也を抱え、ソファーの上へ戻す。

「確かにあいつは怪しかったよ。だからって俺は、百パーセント純粋な気持ちで史さんにアドバイスしたわけじゃない。やっぱりやきもちもまじってたから。それにこういうことが起きるまで、あの人は史さんの同級生で、友人でもあったんだろ？　だったら史さんが俺にぶつけたのは、正当な怒りだよ」

「……ぼくがやったことに腹は立たないんですか？」

「立たないよ。俺と史さんの間じゃ、とっくに終わった話だし」

喧嘩はしないに越したことはない。けれどあの喧嘩があったからこそ、橘川は自分の心のなかを点検する気になったのだ。兄への妬心《としん》とも正面から向き合うことができたし、史也の想いの深さも知ることができた。何を気に病《や》む必要があるというのか。

「まさか絵を買ったんじゃないんだろ？」

「買いませんよ、買うわけないじゃないですか。ぼくは誰よりも幸せだし、良縁にも恵まれてますって五十嵐くんにビシッと言って、会場をあとにしました」

「おおー、ならいいじゃん」

あらためて五十嵐の顔を思い浮かべると、なんだか笑いがこみ上げてきた。

「なるほどねぇ。あいつ、史さんの心と体じゃなくて、懐《ふところ》を狙ってたってことか」

居酒屋で雑談風の営業トークを展開していたとき、あきらかに不愉快そうなオーラをまとわせて、史也の上司——橘川だ——が現れたので、話を聞かれたかもしれないと狼狽《ろうばい》したのだろう。なんとか場をやり過ごそうとしていたところ、すばり史也への『下心』を指摘され、大慌てで逃げだしたのだ。もし橘川が同席していなければ、じっくり史也を攻め落とすべく、二軒目の店に連れていく算段だったにちがいない。

とはいえ、結局史也は絵の展示即売会に出かけたのだから、橘川が五十嵐を追い払った意味はあまりなかったかもしれないが。

「よかった、俺の野性の勘は正しいって証明されて。ふつうさ、ただのやきもちで初対面の人にあれはど突っかかれないって。俺、自分がやばいやつになったのかって思ってたよ」

「……すみません……あなたの勘も勇気もぼくが台なしにして……」

「あ、史さんを責めてるわけじゃないから。俺ってすげーなって話。冴《さ》えてると思わない？史さんを狙うやつ、ちゃんと嗅《か》ぎ分けられたんだよ？」

「……はい、すごいと思います。やっぱりぼくとはちがうなっていうか……」

すっかり機嫌をよくした橘川とは裏腹に、史也の表情は沈んだままだ。

友人だと思っていた人にカモにされかけたのだから、落ち込む気持ちはよく分かる。

「史さん、気にしちゃだめだ。こういうことって結構あるあるだから。高校時代に五十嵐さんと少しでもいい思い出があるんなら、思い出だけを大事にしなよ。卒業して月日が経《た》つと、変わる人は変わる。俺だって同窓会に顔出すと、金目当てのやつが近づいてきたりするよ。俺が社長だってこと、皆知ってるからさ」

「慰《なぐさ》めてくれるんですね……。ぼくが世間知らずの大馬鹿だっただけなのに」

「馬鹿とか言うなよ。友達を信じただけだろ」

根気よく声をかけていると、ようやく史也の表情がほぐれた。もそもそとソファーの上で膝《ひざ》を抱え、ことんと橘川にもたれかかってくる。ささやかな重さが心地好い。

「実はぼく、一颯さんに相応《ふさわ》しい人になろうと思って、背伸びしてたんですよね」

「……え？」

「ぼくって、人付き合いが下手じゃないですか。交友関係も広くないし。だから五十嵐くんと再会したとき、変に張りきっちゃったんです。気軽に会える友達を増やして、あなたみたいにプライベートを充実させなくちゃ、って。ぼくは一颯さんのとなりに並ぶには、地味すぎると思うんです」

まさかそんなことを考えていたとは夢にも思わず、すぐに言葉が出なかった。

確かに史也は、地味なタイプだろう。対する橘川は、何事も勢い任せで派手なタイプだと思う。まるで正反対——だからこそ、惹《ひ》かれたのだ。

繊細《せんさい》で引っ込み思案。けれど秘書という仕事には、真摯《しんし》に向き合うところがいい。史也は他者の感情の機微《きび》に敏《さと》く、こまやかな配慮ができるので、橘川は何度も救われたことがある。プライベートで見せる素直な笑顔や、年上らしい包容力もいい。腹を立てたときのつんつんした態度も、橘川はかわいいと思っているほどなのだ。

これほど魅力に溢れた人が、いったい何を悩むことがあるのか。

「史さん、さすがにそれは思い込みだって。俺は別に交友関係の派手な人が好きなわけじゃないし、そういう人が自分に相応しいとか考えたこともない。普段の自分を殺して背伸びする必要がどこにある？　俺が好きなのは、そのままの史さんだよ」

「そのままの、ぼく……」

オウム返しにした史也が、じっと橘川を見る。

たちまちその眸《ひとみ》に涙がせり上がってきたのでおどろいた。

「ちょ、なんで泣くんだよ。俺、史さんに泣かれるとほんと困るんだ」

「あ、ごめんなさい。つらい涙じゃないんです。なんか感動しちゃって」

――俺が好きなのは、そのままの史さんだよ。

まったく同じ言葉を、記憶喪失《そうしつ》中の橘川からも告げられたらしい。ぼくは不完全な人間だからと、ネガティブな発言をしたときに、そう返されたようだ。

「記憶がなくてもやっぱり同じ人なんですね。どっちの一颯さんにもそのままのぼくでいいって言われるなんて、びっくりしました」

「そりゃ言うよ。本心だし。記憶がなかった頃の俺もいまの俺と同じくらい、史さんに惚れてたってことだよ」

頬を染めた史也が、小さな声で「うれしいな……うれしい」と呟く。

そう、こういうところもいい。些細《ささい》な橘川の言葉を、宝物を抱くように受け止めてくれるところ。

「史さん。俺の前じゃ無理しないで。俺はあちこち出かけることも好きだけど、史さんとまったり過ごすことも好きなんだ。今度さ、ベランダで日向《ひなた》ぼっこデートでもする？　トトといっしょに三人で」

一瞬目を瞠《みは》った史也が、再び花が咲くように笑う。その目には新しい涙が滲《にじ》んでいたが、これもつらい涙ではないのだろう。史也が少し照れながら、橘川に抱きついてくる。

「したいです。日向ぼっこデート」

「うん、――」

また一歩、史也の心に近づけた。いや、すでに距離などないかもしれない。史也は橘川の腕のなかで幸せそうに頬をほころばせている。

だから橘川もたまらなく幸せだ。

あとがき

AFTERWORD……………………

—彩東あやね—

この度は「初恋と二度目の恋も」をお手にとっていただき、ありがとうございます。

雑誌に載せていただいた本篇は、「今のままじゃ絶対に成就《じょうじゅ》しない恋」（橘川《きっかわ》の片想い）をテーマに書いたものでした。それって不憫《ふびん》すぎやしませんか……？　私は書き終わるまで、気づきませんでした。けれど書き下ろし分を書いているうちに、橘川が別に記憶喪失にならなくても、この二人はいつかちゃんとくっつくだろうなと感じられて、そこが収穫でした。たとえば山で二人で遭難するとかしても（どんなシチュ……）、大人になったいぶきくんを知る、いいきっかけになるんじゃないかなと。受け身で五センチずつくらいしか前進できない史也《ふみや》にとって、ぐいぐい行くのが通常モードの橘川は、まさに最高の相手だと思います。

イラストを引き受けてくださった伊《い》東《とう》七《な》つ生《お》先生、お忙しい中ありがとうございます。若くて強いオスっぽい橘川に、スーツ美人の史也……メロメロです！　挿絵の一枚一枚がとっても素敵で、いつまでも眺めていられるほど幸せです。また、担当さまを始め、本書の刊行に携《たずさ》わってくださった皆さまにも、大変お世話になりました。いつもありがとうございます。

最後になりましたが、読者の皆さまへ。あとがきまでお付き合いいただき、ありがとうございます。楽しんでいただけますように。

この本を読んでのご意見、ご感想などをお寄せください。
彩東あやね先生・伊東七つ生先生へのはげましのおたよりもお待ちしております。

〒113-0024 東京都文京区西片2-19-18 新書館
[編集部へのご意見・ご感想] ディアプラス編集部「初恋も二度目の恋も」係
[先生方へのおたより] ディアプラス編集部気付 〇〇先生

- 初出 -
初恋も二度目の恋も：小説ディアプラス20年ナツ号（Vol.78）
（「俺様社長の二度目の初恋」より改題）
年下社長はやきもち焼き：書き下ろし

[はつこいもにどめのこいも]
初恋も二度目の恋も

著者：彩東あやね さいとう・あやね

初版発行：2022年7月25日

発行所：株式会社 新書館
[編集] 〒113-0024
東京都文京区西片2-19-18 電話（03）3811-2631
[営業] 〒174-0043
東京都板橋区坂下1-22-14 電話（03）5970-3840
[URL] https://www.shinshokan.co.jp/

印刷・製本：株式会社 光邦

ISBN978-4-403-52554-4